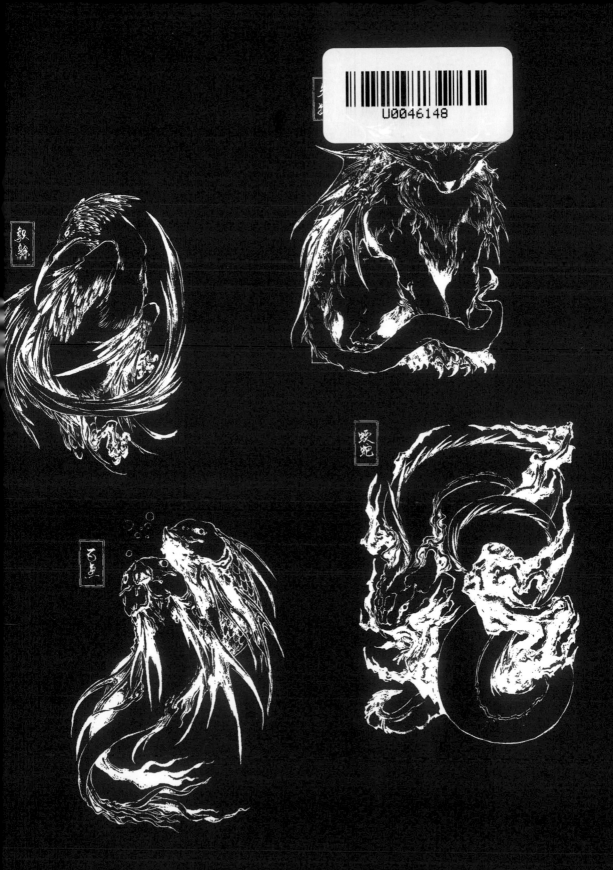

BREAK
to be new and different

打開一本書
打破思考的框架，
打破想像的極限

山海經

絕美水墨畫卷

山精海怪篇

❖ 水墨藝術家——沈鑫 ❖

高寶書版集團

鱊鱊

食水出焉而東北
流注于海其中多
鱊鱊之魚
其狀如犁牛其音如彘鳴

作者序
讓《山海經》活起來

　　2020年真的是值得紀念的一個年份，這一年發生了太多事情，也充滿了驚喜和挑戰。其實在這一年年中，關於這本書的內容就已經完成大半，但我總覺得與第一本相比，變化不大，我想要表達的東西也沒有完全呈現出來，這讓我難以釋懷。於是，我篩選出了一些重新著筆。遲了，還請大家見諒。

　　《山海經絕美水墨畫卷：山精海怪篇》是系列畫集中的第二冊，出現了更多耳熟能詳的異獸，《山海經》原著中更多的神靈怪獸將陸續出現在未來的作品中。

　　當然，家人和朋友的支持與關心，永遠都是最有效的良藥。疲勞期和朋友長談時，讓我迫切地想要嘗試把注意力從《山海經》的書面內容和自己有限的想像力中抽離一部分出來，作為尋找那隱約且久違的「感受」動力。這種力量一部分來自我還未接受「正統美術教育」之前，對眼中世界的認知，另一部分則來自更早以前，是當時我對於工具與媒介的陌生，所產生的探索欲和好奇感。當然，這並不代表我對目前的創作感到乏味，恰恰相反，經過這輪思考，我感受到一些前所未有的熱情與衝動。我不想拘泥於某種風格或是遵循一些慣性思維，我希望自己可以在有生之年不斷地嘗試和探索全新領域，享受自由。

　　與之前的創作稍有不同，在第二冊的創作過程中，我的腦袋裡總是浮現「如果我有兩個腦袋，腦袋們是如何相處的」；「如果我是在山間吃草的異獸，遇到天敵時我該怎麼辦」之類的奇怪問題。不知不覺中，創作出來的一些畫面就被暈染出了幾分故事性。我還嘗試讓這些異獸產生互動，讓牠們在拉頁中，或是追逐奔跑，或是群居嬉戲。在這個過程中，我開始嘗試打造一

個真正的「山海經的世界」。

　　《山海經絕美水墨畫卷》系列內容仍在創作中，我希望可以陸續開拓、發展一些跨界合作（其中包括多元的實體化嘗試），希望你能喜歡這些改變，喜歡這本畫集。

油鑫

2021年1月於北京

推薦序
以水墨美展現奇幻世界

　　沈鑫老師的《山海經絕美水墨畫卷》系列獨闢蹊徑，以獨特的水墨美感展現奇幻的《山海經》世界，找到一個闡釋中國傳統藝術和文化的特別的角度。這些作品結合了水墨的沉靜、歷史累積沉澱的厚重以及傳統文化的張力，不僅給人視覺的享受，也帶給人更多的思考。

　　《山海經》在最簡潔質樸的語言中蘊藏著極具爆發力的浪漫幻想，看似簡單，內蘊豐富。如果要替《山海經》尋找一種表現方式，仔細想來，最符合它氣質的還真是水墨——古拙、沉靜、神祕。水墨有其本身獨特的美感，它的皴擦（表現凹凸、線條、紋理、形態等的筆法）營造出一種厚重感，不僅在造型上增強了生物的分量感和力量感，而且十分符合《山海經》的厚重文化和歷史感。水墨的暈染方式則突顯了生物的飄逸、神祕，給人非現實感。在眾多將《山海經》作為題材創作的插畫作品中，沈鑫老師的水墨風格就顯得獨樹一幟了。

　　儘管使用了水墨的創作方式，這本書中的生物造型都是非常寫實的，從整體的身體構造到細節的翅、爪、鱗的紋理，都可以看到十分細緻的雕琢。準確而寫實的造型風格加上神異的動物特徵，令人驚嘆的同時又十分具有可信力。《山海經》內容十分龐雜，這本畫冊中選取的內容並不是按照《山海經》的體例，而是按照山精、海怪這兩種不同的生物種類重新編排，這種新的解讀方式相信一定能帶給大家全新的閱讀體驗。

　　《山海經》是一個豐富的文化藝術素材寶庫，以它為基礎的創作可以有無限可能。它傳承了上古神話傳說、歷史、地理、民俗等非常多的內容，不

僅是一部志怪奇書，更是反映了中國上古歷史。

我們在這本水墨《山海經》中可以看到長相奇特的異獸，有些與傳說中的歷史人物相關，有些代表人們對自然的理解，比如象徵豐收的當康、象徵洪水的合窳、象徵旱災的鳴蛇等。這些脫胎於文字的創作，讓人們著眼於這些異獸背後所承載的自然科學和文化的意義。

不論傳統文化還是傳統的水墨表現形式，在藝術創作中不斷被證明具有不可替代的意義。所謂墨分五色，事實上水墨並不單調，它多樣的表現技法能在看似單調的色彩中展現出豐富的層次，給人更多想像的空間。看似無色，反而能激發人的想像力，讓觀者在想像中，構建出屬於自己的華彩世界。這是屬於中國傳統文化的含蓄表達方式，沈鑫老師的《山海經絕美水墨畫卷》是一扇小窗，透過這本書，我們可以窺見《山海經》整個神祕詭奇的世界。

樂藝ArtPage聯合創辦人　袁征

2021年3月於北京

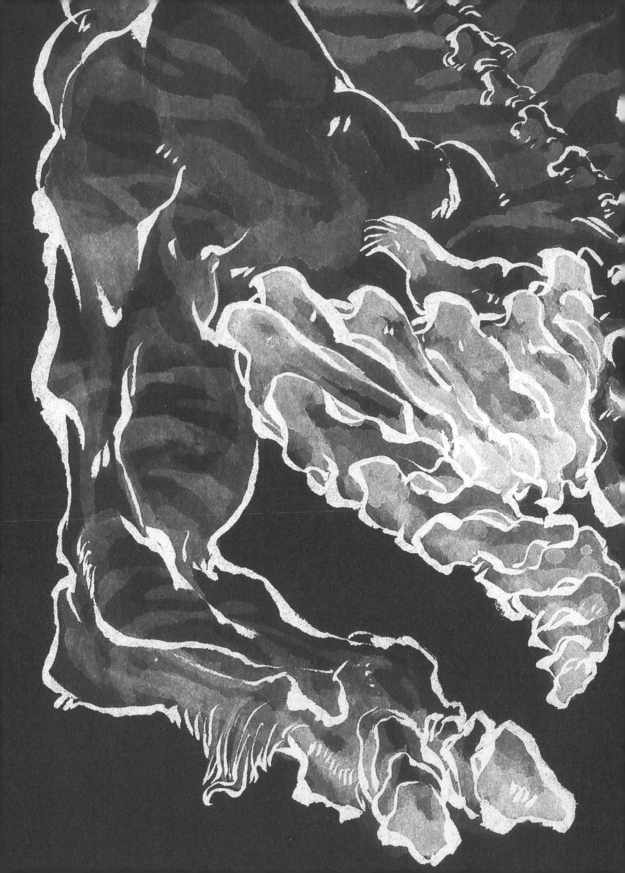

山精

第貳卷

海怪

第壹卷

山精

v

第貳卷

海怪

山精

山
經
海

从从 [ㄘㄨㄥˊ ㄘㄨㄥˊ / cóng cóng]

六足犬怪

外貌：長相似狗，有六隻腳。
異兆：遇到明君，才會出現。

　　枸狀山上有豐富的金屬礦物和各色美玉，山下盛產青碧。
　　山中生長著一種名為「从从」的野獸，這種野獸長得像普通
的狗，卻長著六隻腳，發出的叫聲就像在呼喚自己的名字。

蚩鼠 [ㄗ ㄕㄨˇ/ zī shǔ]

雞身鼠尾的鳥

外貌：形狀像雞，卻長著跟老鼠一樣的尾巴。
異兆：蚩鼠出現，預示著天下將會發生旱災。

　　枸狀山中有一種禽鳥叫作蚩鼠，其形狀像雞，卻長著像老鼠一樣的尾巴。傳言，牠出現在哪裡，哪裡就會有大旱災。

　　傳說，清光緒三年（西元1877年），陝西有個道士抓到了一隻長得像鼠也像雞的奇怪動物。道士把牠的皮扒了，發現是一隻蚩鼠。隨後，又有一些人抓到蚩鼠，甚至市集上開始有人買賣蚩鼠，於是那裡很快便發生了旱情，並且迅速蔓延到周邊地區。

鼮鼠

有鳥焉其狀如雞

而鼠尾其名曰鼮鼠見則其邑大旱

無名獸 [ㄨˊ ㄇㄧㄥˊ ㄕㄡˋ / wú míng shòu]

發出人聲的野獸

外貌：像猿猴，卻長著一身豬毛。
異兆：這種獸出現，預示著天下會發生大水。

　　《山海經》中沒有明確記載這種怪獸的名字，我們暫且叫牠無名獸。

　　豹山上沒有花草樹木，山下卻有很多水流。山中棲息著這種野獸，其形狀像夸父，這裡所說的夸父指的是傳說中的猿猴類野獸。無名獸長著一身豬毛，發出的聲音如同人在呼叫，一旦現身，天下就會發洪水。

无名兽

见则天下大水

有兽焉其状如夸火而彘毛其声如婴

・原文
──
有獸焉
其狀如豚而有珠
名曰狪狪
其鳴自訆

狪狪 [ㄊㄨㄥˊ ㄊㄨㄥˊ / tóng tóng]

孕育珍珠的神獸

外貌：長得像豬。
技能：體內可以孕育珍珠。

　　泰山上遍布各色美玉，山下盛產金屬礦物。

　　山中有種奇獸，形狀與豬相似，體內孕育珍珠，叫作狪狪，叫聲如同在呼喊自己的名字。

　　珍珠一般只是蚌類生產，在傳說中也只有龍、蛇等神靈怪異的動物會吐出一些，而狪狪作爲獸類卻也能孕育珍珠，因此古人認爲牠很奇特，又因爲牠的體形像豬，所以也把牠稱作珠豚。

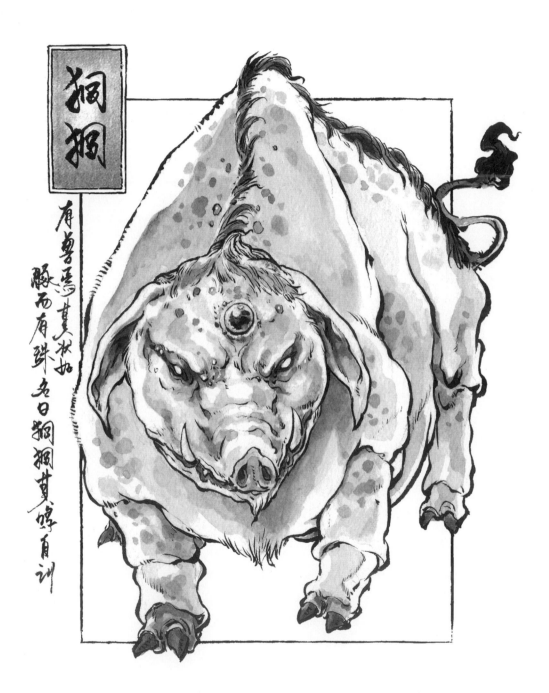

狟狟

有獸焉其狀如
豚而有珠
名曰狟狟其鳴
自訓

· 原文

有獸焉
其狀如牛而虎文
其音如欽
其名曰軨軨
其鳴自叫
見則天下大水

軨軨 [ㄌㄧㄥˊ ㄌㄧㄥˊ / líng líng]

虎紋牛身的怪獸

外貌：外形像普通的牛，毛皮上有老虎斑紋。
異兆：軨軨出現，預示著天下會發生大洪水。

　　空桑山中棲息著一種野獸，名叫軨軨，其外形像普通的牛，而毛皮上卻有老虎一樣的斑紋。牠叫起來的聲音如同人在呻吟，又像是在呼喚自己的名字。

　　軨軨是一種災獸，只要一出現，天下必定出現嚴重的水災，所以很少有人看見過軨軨。

有獸焉其狀如牛而虎文其音如欽其名曰羚羚其鳴自訆見則天下大水

羚羚

• 原文

有獸焉
其狀如菟而鳥喙
鴟目蛇尾
見人則眠
名曰犰狳
其鳴自訓
見則蟲蝗爲敗

犰狳 [ㄐㄧㄩˊ/jī yú]

見人就裝死的野獸

外貌：長得像兔子，卻有鳥的喙、鴟鷹的眼睛和蛇的尾
　　　巴。
異兆：犰狳是蟲災的象徵。

　　余峩山中棲息著一種野獸，名叫犰狳，外形像一般的兔子，
卻長著鳥的喙、鴟鷹的眼睛和蛇的尾巴。牠十分狡猾，一看見人
就躺下裝死，發出的叫聲就像在呼喚自己的名字。

　　犰狳是蟲災的徵兆，一旦出現就會蟲蝗遍野、田園荒蕪。

狙狳

有獸焉其林如蒬而鳥嶬

傳曰蚫尾見人則眠名曰狙狳
其嘽首訓見則蚤蠮為敗

朱獳 [ㄓㄨ ㄖㄨˊ / zhū rú]

長著魚鰭的狐狸

外貌：外貌似狐狸，長著魚鰭。

異兆：朱獳出現，預示著這個國家將要發生大恐慌。

　　耿山荒涼，沒有花草樹木，但到處是水晶石。

　　山中有一種野獸，形狀似狐狸，但長著魚鰭，叫作朱獳，牠發出的叫聲就如同在呼喚自己的名字。朱獳是一種凶獸，牠在哪個國家出現，哪個國家就會發生大恐慌。

　　晉代郭璞在《山海經圖贊·朱獳》中說：「朱獳無奇，見則邑駭。」

朱獳

見則其國有恐

有獸焉其狀如狐而魚翼其名曰朱獳其鳴自訓

• 原文

沙水出焉
南流注於涔水
其中多鴗鶘
其狀如鴛鴦而人足
其鳴自訓
見則其國多土功

鴗鶘 [ㄌㄧˊ ㄏㄨˊ / lí hú]

人足怪鳥

外貌：體形像鴛鴦，卻長著人腳。
技能：有鴗鶘出現的國家，會有很多水土工程的勞役。

盧其山荒蕪蒼涼，沒有生長花草樹木，沙石遍布。沙水從這座山發源，奔出山澗後，向南流入涔水。

涔水水邊棲息著很多鴗鶘，其體形像鴛鴦，卻長著人腳，發出的鳴叫聲有如呼喚自己的名字。

有一種說法，鴗鶘就是鵜鶘，喜歡住在水邊。鴗鶘在哪個國家出現，哪個國家就會有很多水土工程的勞役。

郭璞為《山海經》作注的時候曾寫過一首詩：「狸力鴗鶘，或飛或伏。是惟土祥，出興功築。長城之役，同集秦域。」就是說秦始皇修築萬里長城的時候，鴗鶘就曾經和狸力一同在中原現身。當然，這只是郭璞的一種說法而已。

鴛鴦

沙水出焉南流注

其狀如鴛鴦而人足

其鳴自訓見則其國多土功

于涔水其中多鴛鴦

獙 獙 [ㄅㄧ丶 ㄅㄧ丶 / bì bì]

導致旱災的獸

外貌：長得像狐狸，背上長有一對翅膀。
異兆：獙獙出現時，天下會大旱。

　　姑逢山上沒有花草樹木，山中蘊藏有豐富的金屬礦物和各色
美玉。

　　山中有一種叫作獙獙的野獸，其形狀像狐狸，背上長著一對
翅膀，雖然長有翅膀，卻不能飛翔，發出的聲音如同大雁啼叫，
叫聲悅耳。

　　獙獙是一種凶獸，一旦出現，天下就會發生大旱災。

　　據說獙獙生性多疑，連窩都要搭建在懸崖絕壁上，每天都要
在窩邊設陷阱，防止有人或野獸襲擊，但有時候牠忘記了，反而
傷了自己和孩子。

有獸焉其狀如狐而有翼其音如鴻雁其名曰獙獙見則天下大旱

• 原文

南臨硨水
東望湖澤
有獸焉
其狀如馬
而羊目、四角、牛尾
其音如獋狗
其名曰峳峳
見則其國多狡客

峳峳 [ㄧㄡ ㄧㄡ / yōu yōu]

四角怪獸

外貌：其外形像馬，卻長著羊的眼睛、牛的尾巴，頭上還
　　　頂著四個角。

異兆：峳峳出現的地方，就會有很多奸猾的小人。

　　山中有一種野獸，名為峳峳。其外形像普通的馬，卻長著羊
的眼睛、牛的尾巴，頭上還頂著四個角，發出的聲音如同狗叫。

　　峳峳是一種不祥的凶獸，在哪個國家出現，哪個國家的朝廷
裡就會出現很多奸猾的小人，政治昏暗，百姓不得安寧。

　　《中國古代動物學史》認為此獸就是現代的鵝喉羚。鵝喉羚
是在荒漠生存的動物，形似黃羊，雄羚在發情期喉部變得肥大，
狀如鵝喉，因此得名「鵝喉羚」。

羬羊

南臨硯水東望湖澤

四角牛尾其音如嘷狗

其名曰羬羊見則其國多妖者

有獸焉其狀如禺而

・原文

有鳥焉
其狀如鳧而鼠尾
善登木
其名曰絜鉤
見則其國多疫

絜鉤 [ㄐㄧㄝˊ ㄍㄡ / jié gōu]

帶來瘟疫的鳥

外貌：形狀像野鴨子，卻長著跟老鼠一樣的尾巴。
異兆：有絜鉤出現的國家會瘟疫橫行。

　　鳧麗山南五百里的硬山中生活著一種鳥，名爲絜鉤。牠的外形像野鴨，但身後卻長著老鼠的尾巴，擅長攀登樹木。

　　絜鉤是一種凶鳥，牠在哪個國家出現，哪個國家就會瘟疫橫行，萬民悲戚。

　　有人認爲，古人對產生瘟疫的原因、傳播和動物有關係的這部分有一定的認知。絜鉤是野鴨與老鼠的組合，這種鳥被想像成散播瘟疫的精怪並非偶然，可能是先民在長期的捕獵過程中發現這些野生動物與瘟疫的傳播間有著比較直接的關係，因此創造出精怪傳播疫病的神話提醒後人，在接觸這些野生動物時應該小心謹愼。

絜鉤

有鳥焉其狀如鳧而
鼠尾善登木其名曰絜
鉤見則其國多疫

・原文

有獸焉
其狀如麋而魚目
名曰獂胡
其鳴自訕

獂胡 [ㄩㄢˋ ㄏㄨˊ / yuàn hú]

鹿身魚眼的怪獸

外貌：長相似麋鹿，長著一對魚眼。

　　屍胡山山勢高峻，山上蘊藏著豐富的金屬礦物和各色美玉，山下則生長著茂盛的酸棗樹。

　　獂胡就棲息在這屍胡山中，其樣子像麋鹿，卻長著一對魚眼，發出的叫聲就像是在呼喚自己的名字。

　　傳說清朝人郝懿行就曾經見過獂胡，據他記述，他在清嘉慶五年（西元1800年）奉朝廷之命冊封琉球回國，途中在馬齒山停留，當地人向他進獻了兩頭鹿。這兩頭鹿毛色淺，而且眼睛很小，像魚眼，當地人說是海魚所化，但郝懿行認為牠就是獂胡。

　　《中國古代動物學史》認為獂胡就是今天的白唇鹿（又稱為黃臀鹿、白鼻鹿）。白唇鹿是中國的珍貴特產動物，在產地被視為「神鹿」，也是種古老的物種。

婺排

・
原文
——
有獸焉
其狀如牛而馬尾
名曰精精
其鳴自叫

精精 [ㄐㄧㄥㄐㄧㄥ/ jīng jīng]

牛身馬尾的野獸

外貌：外形像牛，卻長著一條馬尾巴。

　　蛫隅山上生機勃勃，覆蓋著茂密的花草樹木，蘊藏著豐富的金屬礦物和各色美玉，還有許多赭石。

　　山中棲息著一種野獸，其外形像普通的牛，卻長著馬尾巴，名字叫精精，吼叫起來的聲音就像是在呼喚自己的名字。

　　傳說，精精獸能夠辟邪。明萬曆二十五年（西元1597年），括蒼得到一種辟邪異獸，其頭上長著堅硬的雙角，毛皮上布滿鹿紋，還長有馬尾牛蹄，讓當時的人們懷疑此獸就是精精。

　　就外形來看，今天的角馬與精精十分相似。角馬也叫牛羚，是一種生活在非洲草原上的大型羚牛。牠個頭碩大，長著牛頭、馬面、羊鬚，背部有長長的毛，全身的短毛光滑並有斑紋。

精精

有獸焉其狀如牛而馬尾名曰精精

其鳴自叫

• 原文
———
有獸焉
其狀如狼
赤首鼠目
其音如豚
名曰獦狚
是食人

獦狚 [《ㄜˊ ㄉㄢˋ / gé dàn]

能吃人的鼠眼怪獸

外貌：長得像狼，長著老鼠眼睛，腦袋是紅色的。

　　北號山巍峨地屹立於北海之濱。

　　獦狚這種怪獸就棲息在北號山，其體形像狼，但長著紅色的腦袋，腦袋上長著一雙老鼠眼睛，發出的聲音就如同豬叫聲。

　　獦狚生性凶猛，能吃人，並經常侵擾周邊居民和過往路人。

獳狙

有獸焉其狀如猿赤首鼠目其音如豚名曰獳狙是食人

䴅雀 [ㄑㄧˊ ㄑㄩㄝˋ／qí què]

吃人的惡鳥

外貌：像雞，有著白色的腦袋，老鼠一樣的腳以及老虎一樣的爪子。

　　北號山中生長著一種禽鳥，其外形像普通的雞，腦袋卻是白色的，身子下面還長著老鼠一樣的腳和老虎一樣的爪子，名稱是䴅雀，也是會吃人的。

　　傳說明朝崇禎年間，鳳陽地方出現很多惡鳥，兔頭、雞身、鼠足，大概就是䴅雀。當時人們說牠肉味鮮美，但骨頭有劇毒，人吃了能被毒死。牠同獦狚一樣，也經常禍害人類。

魃鸖

有鳥焉其狀如鳴而白首

鼠足而虎爪

其名曰魃鸖而食人

當康 [ㄉㄤ ㄎㄤ / dāng kāng]

帶來豐收的豬形怪獸

外貌：外形像豬，長著大獠牙。

異兆：當康出現，預示著天下要大豐收。

　　欽山只有遍地的黃金美玉，而沒有普通的石頭。山中棲息著一種野獸，其外形像豬，卻長著大獠牙，名字叫當康，發出的叫聲就像在呼喚自己的名字。

　　傳說，天下要獲得豐收的時候，當康就會從山中出來啼叫，告訴人們豐收將至。雖然牠的樣子不太好看，卻是一種瑞獸。

　　據古代地理書《神異經》記載，南方有種奇獸，樣子像鹿，卻長著豬頭和長長的獠牙，能夠滿足人們祈求五穀豐登的願望，可能就是這種當康獸。

当康

其名曰当康　其鳴自叫見則天下大穰

有獸焉其狀如豚而有牙

有獸焉
其狀如彘而人面
黃身而赤尾
其名曰合窳
其音如嬰兒
是獸也
食人
亦食蟲蛇
見則天下大水

合窳 [ㄏㄜˊ ㄩˇ / hé yǔ]

人面豬身的黃色怪物

外貌：外形像豬，卻長著一副人的面孔，黃色的身子後面
　　　長著紅色尾巴。

異兆：合窳出現，預示著天下會發生大洪水。

　　剡山上蘊藏有豐富的金屬礦物和各色美玉，山上還棲息著一
種野獸，其外形像豬，卻長著一副人的面孔，黃色的身子後面長
著紅色尾巴，名字叫合窳，牠發出的吼叫聲就如同嬰兒啼哭。

　　合窳生性凶殘，能吃人，也以蟲、蛇之類的動物為食。牠一
旦出現，天下就會洪水氾濫。

　　《山海經》中記載的許多怪獸都會發出嬰兒的啼哭聲，而且
這類野獸大多是吃人的凶獸，可能的原因是嬰兒的啼哭聲更容易
吸引人類前往查看，從而會降低人的警惕性。

令巂

有獸焉其狀如彘而人面黃身而赤尾其名曰令巂其音如嬰兒是獸也食人亦食蟲蛇見則天下大水

・原文

有獸焉
其狀如獻鼠而文題
其名曰㺦
食之已瘻

㺦 [ㄋㄨㄛˊ／nuó]

治病的小獸

外貌：外形像鼠，但額頭上有花紋。
功效：吃了㺦的肉就能治好人脖子上的贅瘤。

　　甘棗山上有茂密的杻樹林，山中棲息著一種野獸，其外形像獻鼠，但額頭上有花紋，名字叫㺦。只要吃了㺦的肉就能治好人脖子上的贅瘤，還有人認為㺦的肉可以治好眼病。

難

有獸焉其狀如猷鼠而文題其名曰難食之巳癭

・原文

有獸焉
其狀如狸
而白尾有鬣
名曰胐胐
養之可以已憂

胐胐 [ㄈㄟˇㄈㄟˇ / fěi fěi]

解憂的寵物貓

外貌：像普通的野貓，卻長著一條長長的白色尾巴，身上
　　　長有鬣毛。
功效：人飼養胐胐，可以消除憂愁。

　　霍山上林木蓊鬱，生長著茂密的構樹林。山中棲息著一種野
獸，其外形像普通的野貓，但身後卻長著一條長長的白色尾巴，
身上長有鬣毛，名稱是胐胐。
　　胐胐是一種很好的寵物，人飼養牠就可以消除憂愁。

朎朎

有獸焉其狀如狸而白尾有鬣名曰朎朎養之可以已怵

・原文

有獸焉
其狀如彘而有角
其音如號
名曰蠪蛭
食之不眯

蠪蛭 [ㄌㄨㄥˊ ㄓˋ／ lóng zhì]

長角似豬的野獸

外貌：長得像豬，頭上卻長著角。
功效：吃了蠪蛭的肉，人就不會做噩夢。

　　昆吾山上盛產赤銅。山中有種野獸，樣子和一般的豬相似，但頭上卻長著角，吼叫起來就如同人在號啕大哭，名字叫蠪蛭，只要吃了牠的肉，人就不會做噩夢。

　　《欽定古今圖書集成・博物彙編・禽蟲典》中也描繪了這種怪獸，說蠪蛭是一頭健壯的大豬，頭上長著兩隻犄角。

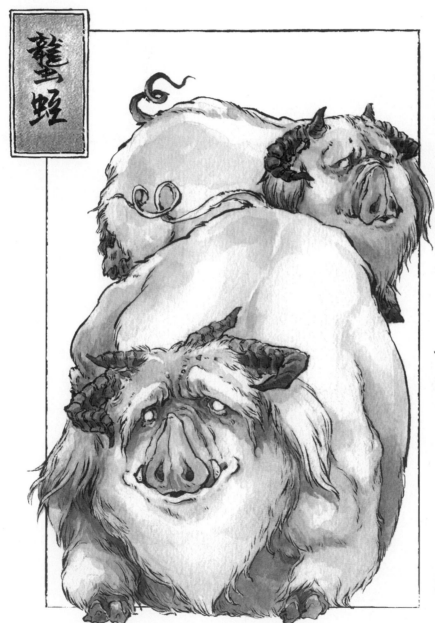

龗蛭

有獸焉其狀如彘而有角其音如号名曰龗蛭食之不眯

・原文

有獸焉
其名曰馬腹
其狀如人面虎身
其音如嬰兒
是食人

馬腹 [ㄇㄚˇㄈㄨˋ／mǎ fù]

吃人的人面虎

外貌：人面虎身。

　　蔓渠山中棲息著一種野獸，名叫馬腹，其外形奇特，有人的面孔、老虎的身子，吼叫的聲音就如同嬰兒啼哭。

　　馬腹是一種凶猛的野獸，能吃人。

　　傳說，馬腹又叫水虎，棲息在水中，身上還有與鯉魚類似的鱗甲。馬腹常常將爪子浮在水面吸引人的注意，如果有人去戲弄牠的爪子，牠便將人拉下水殺死。

　　民間稱馬腹為馬虎，因其異常凶猛的性情，古人常用其嚇唬淘氣的孩童說：「馬虎來了！」頑皮的孩子便立即不敢作聲。

馬腹

有獸焉其名曰馬腹其音如人所
虎身其音如嬰兒是食人

夫諸 [ㄈㄨ ㄓㄨ / fū zhū]

帶來水災的野獸

外貌：形狀像白鹿，頭上長著四隻角。
異兆：夫諸出現的地方會發生水災。

　　敖岸山山南多玉，山北多赭石、黃金。山中還棲息著一種野獸，其形狀如同白鹿，頭上卻長著四隻角，牠的名字叫夫諸。

　　夫諸是一種不祥之獸，牠在哪個地方出現，哪裡就會發生大水災。

　　有學者認為夫諸可能就是水獐或四角羚羊。

天詣

府善為美林如白鹿而四角名曰天詣見則其邑大水

畛水出焉
而北流注於河
其中有鳥焉
名曰鴢
其狀如鳧
青身而朱目赤尾
食之宜子

鴢 [ㄧㄠˇ/yǎo]

使人子孫興旺的鳥

外貌：外形像野鴨，身子是青色的，有著淺紅色眼睛和深
　　　紅色尾巴。
功效：吃了鴢的肉就能使人子孫興旺。

　　青要山的畛水水濱棲息著一種名叫鴢的禽鳥，其外形像是普通的野鴨，有著青色的羽毛、淺紅色的眼睛和深紅色的尾巴，吃了牠的肉就能使家庭人丁興旺、兒孫滿堂。

　　相傳，鴢的腳太靠近尾巴，以至於不能走路，所以常混在野鴨群中游泳。據說南宋時，鄱陽出現一種妖鳥，鴨身雞尾，停在百姓的屋頂上，當地人都不認識，以為是某種妖鳥，其實可能就是鴢。

嶑

畛水出焉而北流注于渭其中有鳥焉

名曰嶑其狀如亀尊尊而朱目赤尾食之宜子

䴠 [一ㄅˊ／yín]

長著人眼的怪獸

外貌：外形像貉，臉上卻長著人的眼睛。

䴠是棲息在扶豬山中的一種野獸，其外形像貉，臉上卻長著人的眼睛。

郭璞在《山海經圖贊》中將「人目」作「八目」：「有獸八目，厥號曰䴠。」可見神話在流傳過程中，字形的變異是導致䴠產生新形象的重要原因，所以也有一些古籍將䴠畫成八隻眼睛的怪獸，比如《欽定古今圖書集成・博物彙編・禽蟲典》中的䴠便是一八目貉形小獸。

麠

有獸焉其狀如貉而人目其名曰麠

• 原文
────────
有獸焉
其狀如牛
蒼身
其音如嬰兒
是食人
其名曰犀渠

犀渠 [ㄒㄧ ㄑㄩˊ / xī qú]

吃人的牛

外貌：形狀像牛，全身青黑色。

　　釐山中也生長著一種野獸，其形狀像一般的牛，全身是青黑色的，發出的吼叫聲卻如同嬰兒啼哭。牠不像牛那麼溫馴，而是十分凶猛，甚至能吃人，名稱是犀渠。

　　郝懿行云：「犀渠，蓋犀牛之屬也。」據此推測，犀渠是一種生活在山中的犀牛類食肉動物。

犀渠

有獸焉其狀如牛蒼身

其音如嬰兒是食人其名曰犀渠

獺 [ㄒㄧㄝˊ/ xié、ㄐㄧㄝˊ/ jié]

發怒的野獸

外貌：形狀像發怒之犬，身披鱗甲，長著豬鬃一樣又長又
　　　硬的毛。

　　潚潚水從釐山發源，然後向南流去，最後也注入伊水。

　　水邊棲息著一種野獸，名字叫獺。這種野獸長得好像發怒的
犬，身披鱗甲，毛從鱗甲的縫隙中間長出來，就像豬鬃一樣又長
又硬。

・原文
―――――
有獸焉
其狀如犬
虎爪有甲
其名曰獜
善駚軯
食者不風

獜 [ㄌㄧㄣˊ／lín、ㄌㄧㄣˋ／lìn]

披甲怪獸

外貌：形狀像狗，有跟老虎一樣的爪子，身上布滿鱗甲。
異兆：人如果吃了獜的肉就能預防瘋癲病。

　　依軑山中有種野獸，形狀像狗，有著老虎一樣的爪子，身上布滿鱗甲，叫作獜。

　　獜擅長跳躍騰撲，人如果吃了牠的肉就能預防瘋癲病。

獭

有獸焉名曰獜其狀如犬犬而有鱗其毛如彘鬣

獄

有獸焉其狀如犬虎爪有甲其名曰獄善駁牛食者不風

其陰有谷
曰機谷
多䳚鳥
其狀如梟而三目
有耳
其音如錄
食之已墊

䳚鳥 [ㄉㄧ丶ㄋㄧㄠ丷/ dì niǎo]

三目奇鳥

外貌：形狀像貓頭鷹，長了三隻眼睛。
功效：人吃了䳚鳥的肉就能治好濕氣病。

　　首山的山谷名叫機谷，在這個峽谷裡棲息著許多䳚鳥。這種
奇禽長得像貓頭鷹，臉上卻長了三隻眼睛，還長有耳朵，發出的
啼叫聲就如同鹿在鳴叫。

　　人吃了䳚鳥的肉，就能治癒濕氣病。

駅鳥

其陽有谷曰枙谷多駅鳥

其狀如梟而三目有耳其音如鹿食之已墊

● 原文

其西有谷焉
名曰蘿谷
其中有鳥焉
狀如山雞而長尾
赤如丹火而青喙
名曰鴒鷂
其鳴自呼
服之不眯

鴒鷂 [ㄌㄧㄥˊ ㄧㄠˋ / líng yào]

美麗的長尾赤鳥

外貌：外形像野雞，長著一條長長的尾巴，羽毛赤紅，嘴
　　　喙為青色。

功效：吃了鴒鷂的肉就不會做噩夢。

　　虺山中棲息著一種鳥，其外形像野雞，身上羽毛顏色鮮豔，
通體赤紅就好似一團丹火，而喙卻是青色的，身後長著一條長長
的尾巴，名字叫鴒鷂，啼叫時的聲音就像在呼喚自己的名字。

　　人吃了鴒鷂的肉就不會做噩夢，還可以避妖。

其西南谷多焉名曰讙讚其狀多𣜩橘其中多鳥焉
枕如山鳥而朱尾赤如丹火而青喙名曰鴒鵡其鳴自詨服之不睞

・原文

有獸焉
名曰山膏
其狀如逐
赤若丹火
善詈

山膏 [ㄕㄢ ㄍㄠ / shān gāo]

愛罵人的野獸

外貌：形狀像小豬，渾身毛皮紅如丹火。

　　苦山中棲息著一種野獸名叫山膏，其外形像普通的豬，但渾身毛皮如同一團丹火，都是紅色的，這種野獸卻喜歡罵人。

　　傳說，上古時，帝嚳出遊，在山林中曾遇上一隻山膏。豈料這異獸出口卽罵，最後被帝嚳的狗盤瓠咬死了。

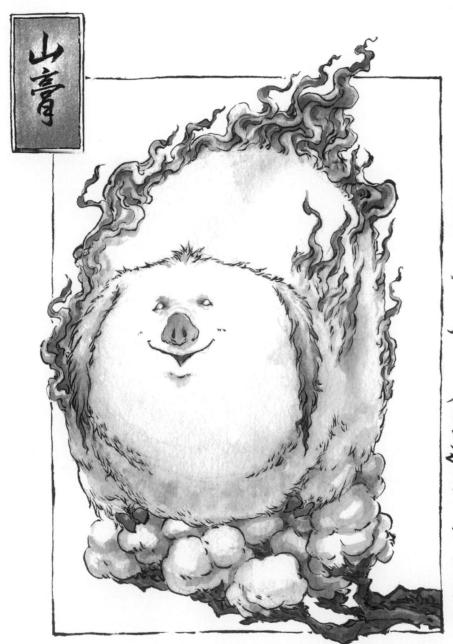

山𤫊

有獸焉名曰山𤫊其狀如彘東省丹火善𤫊

文文 [ㄨㄣˊ ㄨㄣˊ / wén wén]

蜜蜂般的小獸

外貌：外形像蜜蜂，有條分叉的尾巴，舌頭卻反著長。

　　放皋山草木蔥蘢，明水從這裡發源，注入伊水。

　　在這山清水秀的地方棲息著一種野獸，名叫文文。文文的樣子像蜜蜂，長著分叉的尾巴和倒轉的舌頭，喜歡呼叫。

文文

庠善為卉真狀如蜂枝尾而反舌善鳴其名曰文文

鴆 [ㄓㄣˋ / zhèn]

有劇毒的鳥

　　女幾山上遍布著精美的玉石，山下則蘊藏著豐富的黃金。山中棲息著眾多的飛禽走獸，禽鳥以白鷮最多，此外還有很多的長尾巴野雞和鴆鳥。

　　《山海經》此處沒有詳細描寫這種鴆鳥的外貌，據說其體形大小和雕相當，羽毛紫綠色，頸部很長，喙是紅色的。雄鳥名叫運日，雌鳥名叫陰諧。牠們能預報天氣，如果天氣將晴朗少雲，則雄鳥運日先鳴；如果天上將有陰雨，則雌鳥陰諧就先鳴。

　　傳說，鴆鳥以劇毒的蝮蛇為食，而身帶劇毒，甚至鴆鳥喝過水的水池都有毒，其他的動物去喝必死無疑。古人曾用鴆鳥的羽毛浸泡毒酒，名為鴆酒，以毒害他人，以致後來的毒酒就都叫鴆酒了。雖然其有毒的惡名遠揚，但鴆鳥作為一種猛禽，專門捕食讓人不寒而慄的毒蛇，因此人們又把牠當成勇猛與力量的象徵，把牠捕蛇的形象鑄刻在貴重的青銅器上。

　　《山海經·中山經》中也描寫了一種棲息在瑤碧山的鴆鳥，以蚍蟲為食，與此處描寫的是不同種鳥類。

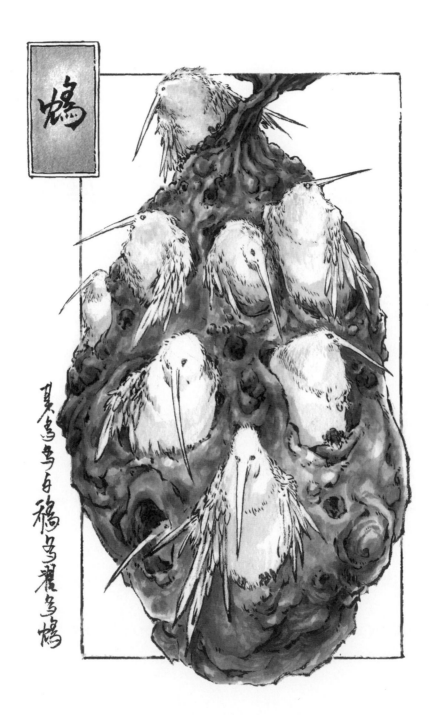

竊脂 [ㄑㄧㄝˋ ㄓ / qiè zhī]

能辟火的鳥

外貌：形貌與貓頭鷹相似，身上的羽毛卻是紅色的，長著
　　　一個白色的腦袋。
功效：人飼養牠就可以辟火。

　　崏山樹木多楢樹、杻樹、梅樹和梓樹，野獸多夒牛、羚羊、
犀牛和兕。山中還有一種禽鳥，名叫竊脂，也叫桑扈，其形貌與
貓頭鷹相似，長著一個白色的腦袋，身上的羽毛是紅色的，人飼
養牠就可以辟火。

　　郭璞曾推測竊脂就是青雀，這種鳥經常飛到人類的家中偷肥
肉吃，這就是「竊脂」這個名字的由來。

窃脂

有鳥焉其狀如姬鵲而赤身白首其名曰窃脂可以御火

・原文

有獸焉
其狀如狐
而白尾長耳
名犺狼
見則國內有兵

犺狼 [ㄧˇ ㄌㄤˊ / yǐ láng]

預示著戰亂的凶獸

外貌：體形和狐狸相似，長著白色的尾巴，頭上還有一對
　　　長耳朵。

異兆：犺狼在哪個國家出現，哪個國家就會發生戰亂。

　　蛇山上蘊藏著豐富的黃金，山下多出產柔軟的堊土，山中林木蓊郁，草木茂盛，生機勃勃。

　　山中有一種野獸名字叫犺狼，形狀和狐狸相似，卻長著白色的尾巴，頭上還有一對長耳朵。犺狼在哪個國家出現，哪個國家就會發生戰亂。

地狼

名曰地狼虎則國內有兵

有獸焉其狀如狐而白尾長耳

・原文
————
有鳥焉
其狀如鴞
而一足彘尾
其名曰跂踵
見則其國大疫

跂踵 [ㄑㄧˇ ㄓㄨㄥˇ／qǐ zhǒng]

帶來瘟疫的怪鳥

外貌：體形和一般的貓頭鷹相似，只長了一隻爪子，還長
　　　有一條豬尾巴。

異兆：跂踵在哪個國家出現，哪個國家就會發生瘟疫。

　　復州山蘊藏有豐富的黃金，山上生長著鬱鬱蔥蔥的檀樹林。
檀樹林中有一種怪鳥，其體形和一般的貓頭鷹相似，只長了一隻
爪子，還長有一條豬尾巴，名字叫作跂踵，牠在哪個國家出現，
哪個國家就會發生瘟疫。

　　古人認為獨腳的妖怪會帶來疫病，特別是大年夜來訪的諸神
當中，如果有獨腳的怪神，那怪神就會在人居住的地方到處播撒
疾病種子。因此，人們在除夕會早早放下寢室的簾子以防疫病。

有鳥焉其狀如鴟而一足彘尾其名曰跂踵

見則其邑大疫

跂踵

────── ．原文

有獸焉
其狀如蝯
赤目、赤喙、黃身
名曰雍和
見則國有大恐

雍和 [ㄩㄥ ㄏㄜˊ / yōng hé]

恐怖的象徵

外貌：體形像猿猴，有黃色的身子、紅眼睛和紅嘴巴。
異兆：雍和在哪個國家出現，哪個國家就會發生恐怖事
　　　件。

　　豐山中棲息著一種奇獸，其體形像猿猴，卻有黃色的身子，
紅色的眼睛和嘴巴，名字叫雍和。
　　雍和的名字雖然好聽，卻是一隻災獸，牠在哪個國家出現，
哪個國家就會發生重大的恐怖事件。

雍和

有獸焉其狀如蠑赤目赤喙黄身名曰雍和見則國有大恐

・原文

有鳥焉
其名曰嬰勺
其狀如鵲
赤目、赤喙、白身
其尾若勺
其鳴自呼

嬰勺 [一ㄥ ㄕㄠˊ/ yīng sháo]

長著勺子般尾巴的獸

外貌：外形像喜鵲，有紅眼睛、紅嘴巴、白色的身子，尾
　　　巴與酒勺相似。

　　支離山中有種鳥叫嬰勺，外形像喜鵲，長著紅眼睛、紅嘴巴
和白色的身子。嬰勺最奇特的地方就是牠的尾巴長得就像酒勺，
啼叫的聲音像在呼喚自己的名字。

嬰勺

其状如龍赤目赤喙白身

其尾者勺其鳴自呼

有鳥焉其名曰嬰勺

原文

·

有鳥焉
其狀如鵲
青身白喙
白目白尾
名曰青耕
可以御疫
其鳴自叫

青耕 [ㄑㄧㄥ ㄍㄥ / qīng gēng]

抵禦瘟疫的鳥

外貌：體形像喜鵲，有著青色身子、白色嘴喙、白色眼睛
　　　以及白色尾巴。
異兆：飼養青耕可以抵禦瘟疫。

　　菫理山物產豐富，山上覆蓋著茂密的松樹、柏樹和梓樹林。
林中棲息著一種禽鳥，其外形與一般的喜鵲類似，卻有著青色的
身子、白色的喙、白色的眼睛及白色的尾巴，名字叫青耕。
　　青耕是一種吉鳥，人飼養牠可以抵禦瘟疫，不受流行疫病侵
擾。青耕發出的叫聲也像是在呼喚自己的名字。

青耕

有鳥焉其狀如鵲青身白喙白目白尾名曰青耕

可以御疫其鳴自叫

· 原文

見則其國大疫
其名曰猈
赤如丹火
其狀如彙
有獸焉

猈 [ㄌㄧˋ/lì]

預示著瘟疫的紅色怪獸

外貌：長得像刺蝟，全身毛皮赤紅，猶如一團丹火。

異兆：猈在哪個國家出現，哪個國家就會有大瘟疫。

　　樂馬山中有種野獸，體形和一般的刺蝟類似，全身毛皮赤紅，猶如一團丹火，名稱是猈。牠在哪個國家出現，哪個國家就會有大瘟疫。

猴

有獸焉　其狀如彙　赤如丹火　其音　名曰猴見　則其國大疫

・原文

有獸焉
狀如獻鼠
白耳白喙
名曰狙如
見則其國有大兵

狙如 [ㄐㄩ ㄖㄨˊ / jū rú]

兵禍的象徵

外貌：長得像獻鼠，有著白色耳朵和白色嘴巴。
異兆：狙如出現在哪個國家，哪個國家就會兵禍連連。

　　倚帝山上遍布著精美的玉石，山下蘊藏著豐富的黃金。山中棲息著一種野獸，其形狀與獻鼠類似，但長著白色耳朵和白色嘴巴，名字叫狙如。

　　狙如也是一種災獸，牠在哪個國家出現，哪個國家就會烽煙四起，兵禍連連。

狙如

有獸焉其狀如
名曰狙如見則其
白耳白喙
國有大兵

・原文

有獸焉

其狀如膜犬

赤喙、赤目、白尾

見則其邑有火

名曰㺎卽

㺎卽 [ㄧˊ ㄐㄧˊ / yíjí]

長尾的犬形怪獸

外貌：體形像西膜之犬，長著紅色嘴巴、紅色眼睛及白色
　　　尾巴。

異兆：㺎卽一出現，就會發生大火災。

　　鮮山上多楢樹、杻樹、苴樹，草叢以薔薇為主，盛產黃金
和鐵。

　　鮮山中有種野獸，其體形像西膜之犬，長著紅色的嘴巴、紅
色的眼睛、白色的尾巴，叫作㺎卽。

　　㺎卽也是一種災獸，一旦出現，就會發生大火災，也有人認
為會發生兵亂。

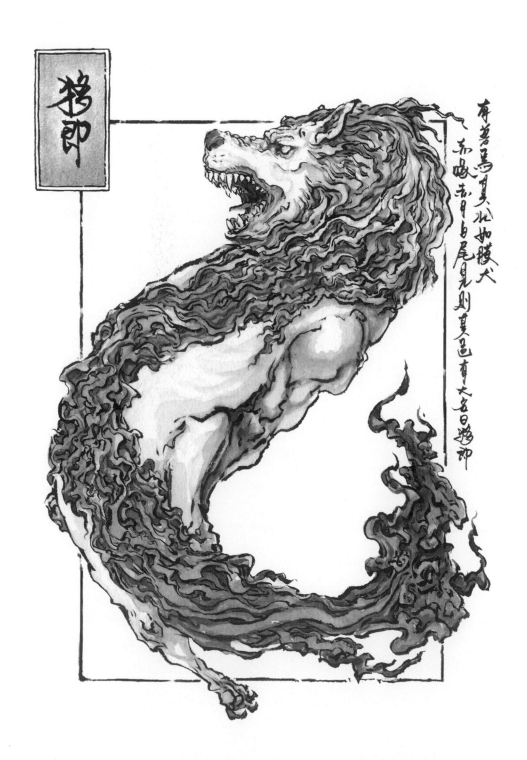

有獸焉其状如牍犬
而峽赤目白尾見則其邑有大旱曰獙獙

・原文

有獸焉
其狀如貍
而白首虎爪
名曰梁渠
見則其國有大兵

梁渠 [ㄌㄧㄤˊ ㄑㄩˊ / liáng qú]

兵禍的象徵

外貌：外形像野貓，長著白色的腦袋和老虎般鋒利的爪
子。

異兆：梁渠出現在哪個國家，哪個國家就會有兵戈之亂。

　　茂密繁盛的牡荊樹和枸杞樹覆蓋著整座曆石山，山上向陽的
南坡蘊藏著大量黃金，背陰的北坡則遍布著各種粗細磨刀石。

　　山中的荊棘叢中棲息著一種野獸，其體形像野貓，長著白色
的腦袋和老虎般鋒利的爪子，叫作梁渠。梁渠出現在哪個國家，
哪個國家就會烽煙四起，有兵戈之亂，百姓飽受戰亂之苦。

䡾鵌 [ㄓˇ ㄊㄨˊ / zhǐ tú]

辟火的吉鳥

外貌：外形像烏鴉，長著紅色的爪子。
功效：人們飼養䡾鵌可以辟火。

　　丑陽山上有漫山遍野的椆樹林和椐樹林，林中棲息著一種鳥叫作䡾鵌，外形就好像烏鴉，卻與烏鴉有不同之處：牠們長著紅色的爪子。人們飼養這種鳥，可以辟火。

敦䲵

厥為烏烏其狀如烏而赤足名曰敦䲵畜之可以御火

・原文

見則天下大風
名曰聞獜
黃身、白頭、白尾
其狀如彘
有獸焉

聞獜 [ㄨㄣˊ ㄌㄧㄣˊ / wén lín]

風災預報者

外貌：外形像豬，有黃色皮毛、白色腦袋和白色尾巴。
異兆：聞獜一出現就會帶來狂風。

　　凡山上多櫙樹、橿樹、杻樹，還盛產各種香草。山上有一種
野獸，其模樣和普通的豬相似，但身上的毛皮是黃色的，還長著
白色的腦袋和白色的尾巴，名字叫聞獜。

　　聞獜也是一種災獸，是大風出現的徵兆，一旦出現就會帶來
狂風。

闻獜

名曰闻獜見則天下大风

有鸟焉其状如喜招黄身白头白尾

．原文

滅蒙鳥在結匈國北
爲鳥青
赤尾

滅蒙鳥 [ㄇㄧㄝˋ ㄇㄥˊ ㄋㄧㄠˇ / miè méng niǎo]

青羽紅尾的鳥

外貌：長著青色的羽毛和紅色的尾巴。

　　滅蒙鳥居住在結匈國的北面，身上長著青色的羽毛，後面還拖著紅色的尾巴，色彩鮮豔，十分美麗。

夭蒙鳥

夭蒙鳥在結匈國北為鳥青赤尾

黃馬 [ㄏㄨㄤˊ ㄇㄚˇ / huáng mǎ]

虎紋馬身

外貌：黃色的馬，身上長著虎紋。

　　一臂國有黃色的馬，身上有老虎斑紋，長著一隻眼睛和一隻手。

　　在非洲衣索比亞有一種扭角林羚，長著帶紋路的黃色皮毛，所以有人認爲非洲扭角林羚就是《山海經》中描述的黃馬。

· 原文

鴮鳥、鷓鳥
其色青黃
所經國亡
在女祭北
鴮鳥人面
居山上
一曰維鳥、青鳥、黃鳥所集

鴮、鷓 [ㄘˋ/cì、ㄓㄢ/zhān]

亡國之鳥

外貌：有青中帶黃的羽毛。

　　鴮鳥、鷓鳥棲息在女巫祭和戚居住地的北面，鷓鳥其羽毛顏色青中帶黃，牠們經過哪個國家，那個國家就會敗亡。

　　鴮鳥長著人的面孔，立在山上。另一種說法認爲，這兩種鳥統稱維鳥，是青色鳥、黃色鳥聚集在一起的混稱，這裡是把牠們當作同一種鳥來畫的。

鵉鷚

鶿鳥鵉鳥

其色青黄

所経国亡在廿祭礼

鶿鳥人面居山上白雉鳥
青鳥黄鳥所集

旄馬 [ㄇㄠˊㄇㄚˇ/ máo mǎ]

關節長毛的馬

外貌：像普通的馬，四條腿的關節上都有長毛。

　　旄馬棲息在巴蛇所在地的西北面，是一座高山的南面。

　　旄馬的外形像普通的馬，馬鬃長長地垂下，四條腿的關節上都有長毛。

　　旄馬又叫豪馬，傳說周穆王西狩的時候，就曾經用豪馬和豪牛、龍狗、豪羊爲牲來祭祀文山。

駁 [ㄅㄛˊ/bó]

長著利齒的白馬

外貌：像白色的馬，長著鋸齒般的牙。

　　北海內有一種野獸，名稱是駁，形狀像白色的馬，長著鋸齒般的牙，能吃老虎和豹子。

　　傳說，春秋戰國時期，齊桓公騎著一匹馬行至深山，遠遠有隻老虎望見他嚇得不敢上前，趕忙伏倒在地上。

　　齊桓公便問管仲：「我只是騎了一匹馬，老虎見了竟然如此害怕，這是什麼原因？」管仲回答說：「你是不是騎著駿馬，迎著太陽飛馳？」桓公說：「是呀，那又如何？」管仲說：「這正是馬跑起來的樣子啊！專吃虎豹，所以老虎一見就害怕了。」

· 原文
──
北海內有獸
其狀如馬
名曰騊駼

騊駼 [ㄊㄠˊ ㄊㄨˊ / táo tú]

北海的馬形怪獸

外貌：像一般的馬。
異兆：天子聖明時，騊駼就會出現。

　　北海內有一種野獸，外形像一般的馬，名叫騊駼。
　　騊駼又叫野馬，是一種良馬，善於奔跑，但性情剛烈，不可馴服。騊駼也是一種瑞獸，如果中原有聖明天子在位治理天下，牠就會出現。

・原文
——蛧犬如犬
青
——食人從首始

蛧犬 [ㄊㄠˊ ㄑㄩㄢˇ / táo quǎn]

青色的犬形怪獸

外貌：像一般的狗，全身是青色。

　　蛧犬的形體和一般的狗類似，渾身毛皮都是青色，卻是一種凶惡的食人獸。

　　蛧犬吃人的方式很有特色，都是從人的頭開始吃起的。

・原文

有文馬
縞身朱鬣
目若黄金
名曰吉量
乘之壽千歲

吉量 [ㄐㄧˊ ㄌㄧㄤˊ/ jí liáng]

白身紅鬣的馬

外貌：毛皮絕白，鬣毛為紅色，眼睛像黃金一樣。
功效：騎上吉量就能有千年的壽命。

　　犬封國有一種馬，名字叫吉量。這種馬又叫吉良或吉黃，毛皮是白色的，有斑斕的花紋，馬鬣赤紅色，雙目金光閃閃，只要騎上牠，就能使人長壽千歲。

　　奇肱國也有吉量，吉量是奇肱國人平時出門的坐騎。傳說犬封國曾敬獻吉量給周文王，後來商紂王知道此事，便將文王拘禁在羑里，姜太公與散宜生只好牽著這匹犬封國敬獻的吉量獻給紂王以解救文王。

蛩蛩 [ㄑㄩㄥˊ ㄑㄩㄥˊ / qióng qióng]

白色的馬形怪獸

外貌：形狀像馬，皮毛是白色的。

北海內有一種白色的野獸，形狀像馬，名叫蛩蛩。

并封 [ㄅㄧㄥˋㄈㄥ / bìng fēng]

雙頭豬

外貌：形狀像豬，前後都有頭，渾身都是黑毛。

　　在巫咸國東面，棲息著一種名叫并封的怪獸，牠的外形像豬，前後都有頭，渾身黑毛。

　　有另一種說法是，并封也作「并逢」，「并」和「逢」都有「合」之意，因此并封是一種雌雄同體的異獸。

并封

并封在巫咸東其狀如彘前後皆有首黑

・原文

有乘黃
其狀如狐
其背上有角
乘之壽二千歲

乘黃 [ㄔㄥˊ ㄏㄨㄤˊ / chéng huáng]

增加人壽命的野獸

外貌：體形像一般的狐狸，脊背上有角。
功效：人騎上乘黃就能有兩千年的壽命。

　　白民國有一種叫作乘黃的野獸，形狀像一般的狐狸，脊背上有角，人要是騎上牠就能有兩千年的壽命。

　　杜甫有詩曰：「乘黃已去矣，凡馬徒區區」，可見古人有時也用乘黃作爲良駒的別稱。

有乘黄，其狀如狐，其背上有角，乘之壽二千歲

孟極其美、北多有兩首一日走君江閭地

· 原文

───
蚩蚩在其北
各有兩首

───
一曰在君子國北

蚩蚩 [ㄏㄨㄥˊㄏㄨㄥˊ/ hóng hóng]

雙頭怪獸

外貌：有兩個頭。

　　蚩蚩生活在狄山的北面，另一種說法認爲在君子國的北面。

　　蚩蚩的前後兩端都各有一個腦袋。

　　蚩就是虹的古字，其字形是一個雙頭同體的動物象形，古人認爲虹是雙首大口吸水的長蟲，橫跨在山水之上，而且還有雌雄之分，單出名爲虹，雌雄雙出名爲蜺。

・原文
——有蟲
獸首蛇身
名曰琴蟲

琴蟲 [ㄑㄧㄣˊ ㄔㄨㄥˊ / qín chóng]

蛇身獸首

外貌：有著野獸的腦袋和蛇的身子。

　　大荒當中，有座山名叫不咸山，山中有個肅愼氏國。這裡有一種蛇，有野獸的腦袋和蛇的身子，名叫琴蟲。

獵獵 [ㄌㄧㄝˋ ㄌㄧㄝˋ / liè liè]

黑色的熊形怪獸

外貌：長得像熊的蟲。

叔歐國有一種野獸，名叫獵獵，其形貌似熊，毛色漆黑。

有黑虫如熊状名曰猎猎

有虫兽首蛇身名曰琴虫

孟鳥 [ㄇㄥˋ ㄋㄧㄠˇ / mèng niǎo]

美麗的三色鳥

外貌：有著紅、黃、青三種顏色的羽毛。

　　孟鳥棲息在貓國的東北面，朝向東方。這種鳥的羽毛色彩絢爛，紅、黃、青三種顏色相互間雜，十分漂亮。

・原文
大蜂
——其狀如螽

大蜂 [ㄉㄚˋ ㄈㄥ / dà fēng]

巨大的蜂蟲

外貌：形狀像螽斯。

　　大蜂，形狀像螽斯。

　　傳說大蜂的腹部大如水壺，裡面有毒液，蜇人後就能將人殺死。

• 原文

有五采之鳥
相鄉棄沙
惟帝俊下友
帝下兩壇
采鳥是司

五采鳥 [ㄨˇ ㄘㄞˇ ㄋㄧㄠˇ / wǔ cǎi niǎo]

掌管祭壇的鳥

外貌：長著五彩羽毛的鳥。

　　有一群長著五彩羽毛的鳥，是和鳳凰一樣的祥瑞之鳥，牠們兩兩相伴，翩翩起舞。

　　天帝帝俊從天上下來和牠們交友，帝俊在下界的兩座祭壇就是由這群五采鳥掌管著。

狂鳥 [ㄎㄨㄤˊ ㄋㄧㄠˇ / kuáng niǎo]

有冠的五彩鳥

外貌：長著五彩羽毛，頭上有冠。

　　有一種長著五彩羽毛的鳥，毛色鮮豔，羽翼豐滿，頭上有冠，是鳳凰一類的神鳥，名叫狂鳥。

・原文

——有弇州之山
五采之鳥仰天
名曰鳴鳥
爰有百樂歌舞之風

鳴鳥 [ㄇㄧㄥˊ ㄋㄧㄠˇ / míng niǎo]

令樂曲歌舞風行的奇鳥

外貌：長著五彩羽毛的鳥。

　　有座叫弇州山的山，山上有一種長著五彩羽毛的鳥仰頭向天而噓，名叫鳴鳥。

　　在這座弇州山上，有各種各樣的樂曲歌舞風行。

五色鳥 [ㄨˇ ㄙㄜˋ ㄋㄧㄠˇ / wǔ sè niǎo]

人面五彩鳥

外貌：長著五彩羽毛、人的臉孔、還有頭髮。
異兆：代表亡國之兆。

　　大荒之中又有座玄丹山，山上棲息著一種長著五彩羽毛的
鳥，牠們有一副人的臉孔，還有頭髮。

　　傳說，這種人面鳥也是代表亡國之兆的禍鳥。

白鳥 [ㄅㄞˊ ㄋㄧㄠˇ / bái niǎo]

不白的鳥

外貌：有青色的翅膀、黃色的尾巴、黑色的嘴。

　　金門山上有一種鳥名叫白鳥，牠們與黃姬屍、比翼鳥及天犬共同生活在此。

　　白鳥身上並不白，牠們長著青色的翅膀、黃色的尾巴以及黑色的喙。

・原文
――有青鳥
身黃、赤足、六首
名曰鶹鳥

鶹鳥 [ㄔㄨˋ ㄋㄧㄠˇ / chù niǎo]

六頭青鳥

外貌：有青色的翅膀、黃色的尾巴、紅色的爪子。

　　有一種青鳥，身子是黃色的，爪子是紅色的，長有六個頭，名叫鶹鳥。

朱蛾 [ㄓㄨ ㄜˊ/zhū é]

蚍蜉般的小蟲

外貌：長得像蚍蜉。

朱蛾是一種小蟲，外形像蚍蜉。

闒非 [ㄊㄚˋ ㄈㄟ / tà fēi]

人面獸身

外貌：人面獸身，全身青色。

　　闒非是一種人面獸，長著人的面孔和野獸的身子，全身是青色的。

羅 羅 [ㄌㄨㄛˊ ㄌㄨㄛˊ/ luó luó]

青色的虎形獸

外貌：皮毛青色，外形像老虎。

　　北海內有一種青色的野獸，外形像老虎，名叫羅羅。這種羅羅獸其實就是青虎，後來有南方少數民族就稱老虎爲羅羅，其族中信仰虎的一支就自稱羅羅人。

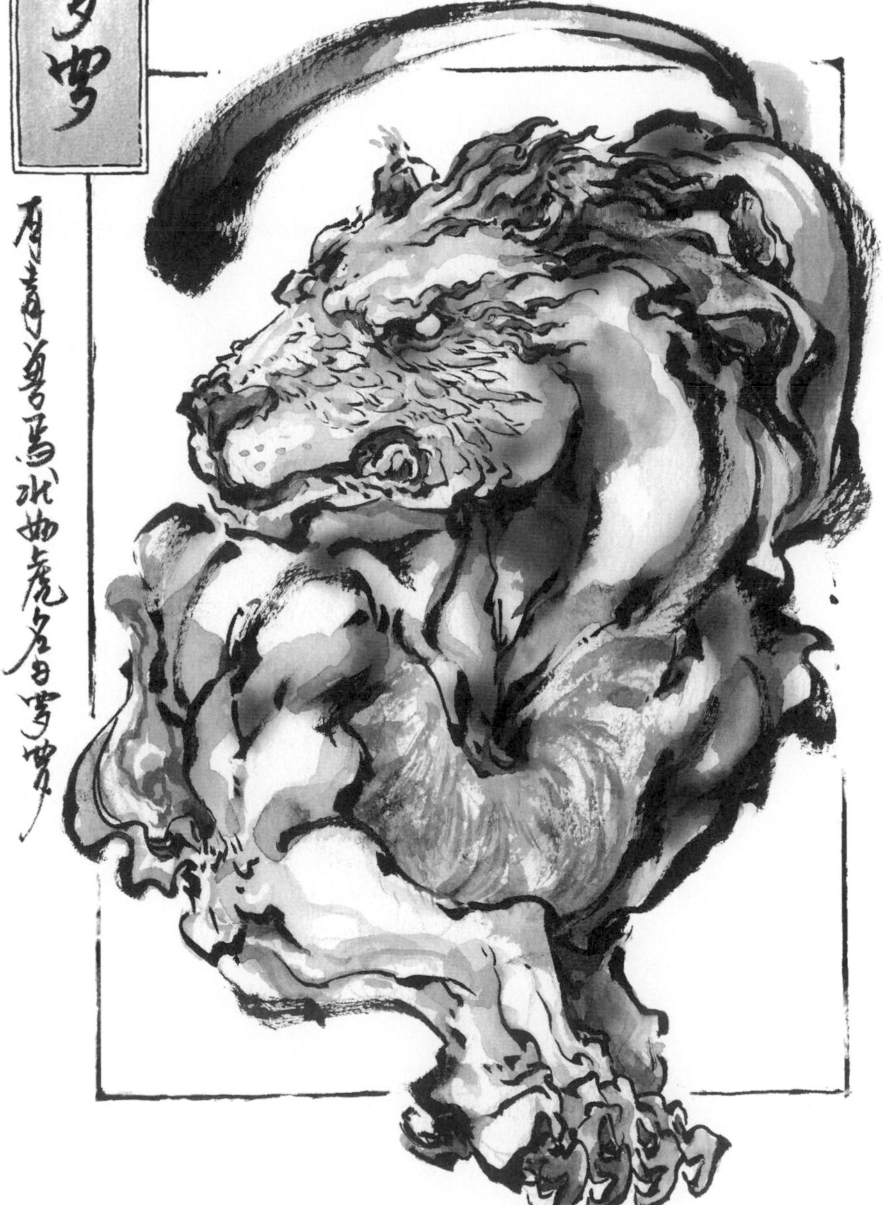
羅羅
有青獸焉狀如虎名曰羅羅

・原文

林氏國有珍獸
大若虎
五采畢具
尾長於身
名曰騶吾
乘之日行千里

騶吾 [ㄗㄡ ㄨˊ / zōu wú]

如虎怪獸

外貌：大小如老虎，身上有五色斑紋，尾巴長過身子。
功效：騎上騶吾可以日行千里。

　　林氏國有一種珍奇的野獸，大小與老虎差不多，身上有五種顏色的斑紋，尾巴長過身子，名叫騶吾，騎上騶吾就可以日行千里。

　　騶吾也叫騶虞，是一種仁德忠義之獸，外猛而威內。據說牠從不踐踏正在生長的青草，而且只吃自然老死的動物肉，非常仁義。同時騶吾還是一種祥瑞之獸，當君王聖明仁義的時候，騶吾就會出現。

　　相傳周文王被囚於羑裡時，部屬向林氏國求得此獸進獻給殷紂王，周文王才得以脫身。

駮䮮

名曰駮䮮乘之日行千里

枹氏國有珍獸大若虎
五采畢具其尾長于身

東海中有流波山
入海七千里
其上有獸
狀如牛
蒼身而無角
一足
出入水則必風雨
其光如日月
其聲如雷
其名曰夔
黃帝得之
以其皮爲鼓
橛以雷獸之骨
聲聞五百里
以威天下

夔 [ㄎㄨㄟˊ/ kuí]

獨蹄神牛

外貌：長得像普通的牛，但只有一只蹄子，沒有角，皮毛
　　　是青蒼色的。

　　東海之中有座流波山，這座山離東海有七千里。山上棲息著
一種神獸，其形狀像普通的牛，身上的毛皮呈青蒼色，卻沒有犄
角，僅有一只蹄子。牠出入海水時，就一定有大風大雨相伴隨，
並發出如同太陽和月亮般的光芒，吼叫起來的聲音如同雷鳴，這
種神獸名叫夔，是雷澤之神。黃帝曾經得到牠，用牠的皮蒙鼓，
再拿雷獸的骨頭敲打這鼓，響聲能傳到五百里以外，威震天下。

　　相傳黃帝與蚩尤在涿鹿大戰時，玄女爲黃帝製作了夔牛鼓
八十面，每面鼓聲震五百里；八十面鼓齊響，聲震三千八百里，
威風至極。當時蚩尤銅頭鐵額，能吃石頭，飛空走險，無往不
利，但是黃帝用夔牛鼓連擊九下，蚩尤竟然被震懾住了，再也不
能飛走，最終被黃帝捉住殺死。

夔

東海中有流波山入海七千里其上有獸狀如牛蒼身而無角一足出入水則必風雨其光如日月其聲如雷其名曰夔黃帝得之以其皮為鼓橛以雷獸之骨聲聞五百里以威天下

青菟 [ㄑㄧㄥ ㄊㄨˋ / qīng tù]

青色的怪兔

外貌：形狀像普通的兔子，有青色的皮毛。

　　青菟這種小獸外形與普通的兔子相似，胸部以下的雙腿與皮毛難以分辨，這是因為牠皮毛呈現的青色很像猿猴，而把裸露的部分遮住了。

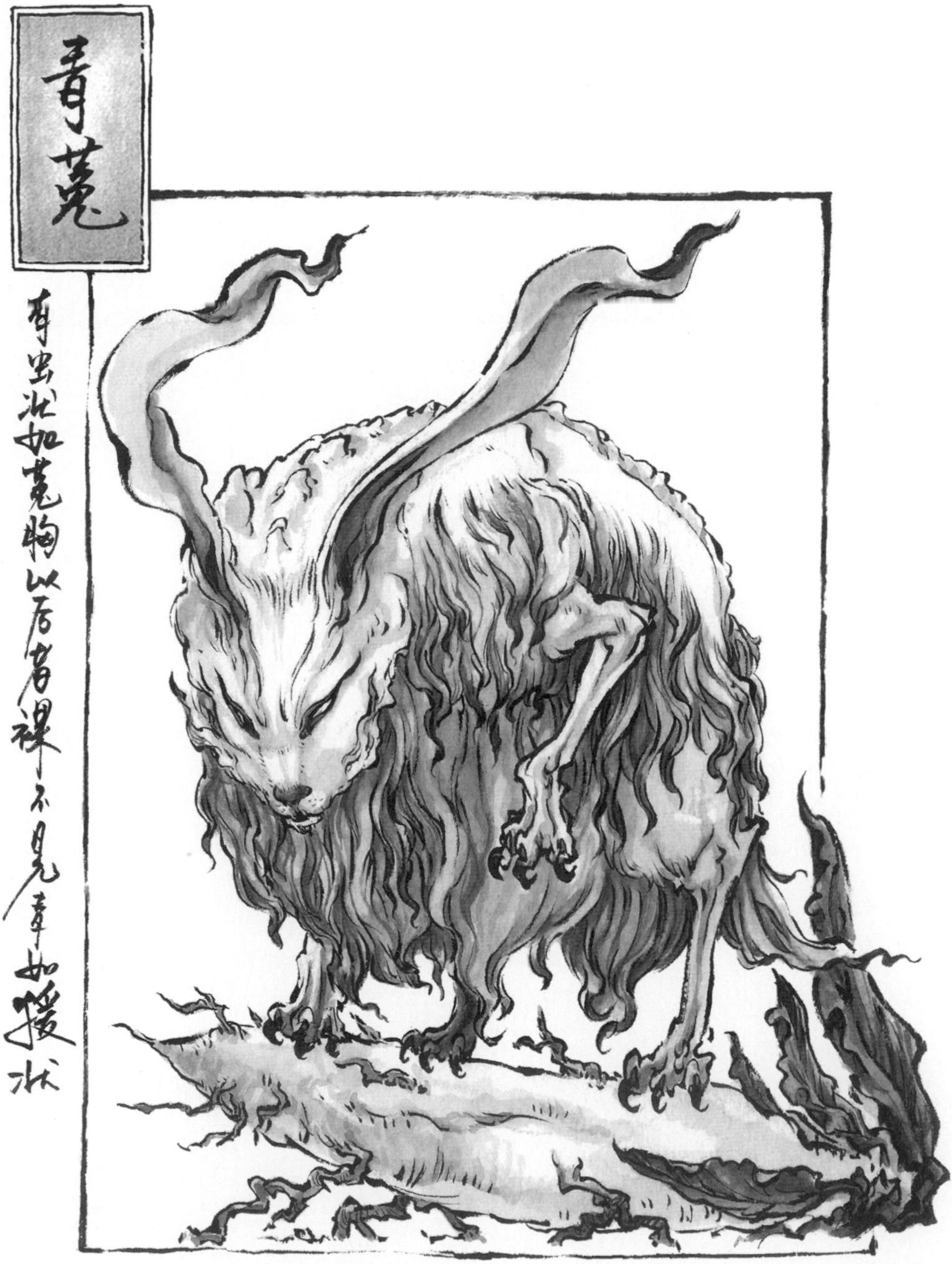
青菟
青蟲狀如菟胸以后皆裸不見青如猨狀

・原文

南海之外
赤水之西
流沙之東
有獸
左右有首
名曰跊踢

跊踢 [ㄔㄨˋ、ㄊㄧ / chù tī]

雙頭怪獸

外貌：左右兩個頭。

　　在南海之外，赤水西岸，流沙東面，有一種野獸，左右兩邊
各有一個頭，四隻眼睛都專注地看著前方，這種野獸名叫跊踢。
　　傳說，跊踢就是述蕩，其手腕上的肉鮮美無比。

跋踢

南海之外赤水之西流沙之東有獸左右有首名曰跋踢

雙雙 [ㄕㄨㄤ ㄕㄨㄤ / shuāng shuāng]

三身一體的怪獸

外貌：青色的野獸，三個身子連在一起。

　　有三隻青色的野獸交相合併在一起，名字叫雙雙。

　　這種奇獸身體雖然連在一起，卻有各自獨立的心志，只不過礙於身體相連，同行同止罷了。也有人認爲雙雙是種奇鳥，是三青鳥的合體，在一個身子上生著兩個頭，尾部有雌雄之分，所以一隻雙雙鳥便是一對夫婦，牠們雙宿雙飛，常被用來比喻愛情。

有三首、善想幷
名曰双
双

屏蓬 [ㄆㄧㄥˊ ㄆㄥˊ / píng péng]

雌雄同體怪獸

外貌：左右兩邊各長一個頭，雌雄同體。

　　大荒之中，有一座山名叫鏖鰲鉅山，是太陽和月亮降落的地方。那裡有一種怪獸，名叫屏蓬，其左右兩邊各長著一個頭，雌雄同體而生。

　　屏蓬這種雙頭奇獸同〈海外西經〉中前後各一首的并封，以及〈大荒南經〉中左右各一首的跋踢有著相似之處。

‧ 原文

——
有赤犬
名曰天犬
其所下者有兵

天犬 [ㄊㄧㄢ ㄑㄩㄢˇ / tiān quǎn]

引發戰爭的紅狗

外貌：紅色的狗。
異兆：天犬所降臨的地方就會發生戰爭。

　　金門山上有一種渾身赤紅的狗，名叫天犬，牠所降臨的地方就會發生戰爭。傳說，天犬降臨時，奔跑的速度像飛的一樣快，天上出現的流星就是天犬奔跑留下的痕跡。

蜚蛭 [ㄈㄟˇ ㄓˋ／fěi zhì]

四翅飛蟲

外貌：長著四隻翅膀的蟲。

　　不咸山的肅愼氏國有一種蟲子名叫蜚蛭，長著四隻翅膀。

蜚蛭

大荒之中有山名曰不咸有肅慎氏之國有蜚蛭四翼

· 原文

有靈山
有赤蛇在木上
名曰蝡蛇
木食

蝡蛇 [ㄖㄨㄢˇ ㄕㄜˊ / ruǎn shé]

靈山紅蛇

外貌：身體呈赤紅色。

　　列襄國有一座高山，名爲靈山，這就是十巫往返於天地之間的地方。山中的樹上有一種紅色的蛇叫作蝡蛇，以樹木爲食物。

蠑蛇

有靈山焉青蛇居之花木上名曰蠑蛇木食

𡴡狗 [ㄐㄩㄣ ㄍㄡˇ / jūn gǒu]

青色的兔形怪獸

外貌：形狀像兔子，渾身青色。

有一種像兔子的青色野獸，名叫𡴡狗。

崗狗

又有獸善
如兔
名曰
崗狗

第貳卷

海怪

山海經

• 原文

食水出焉
而東北流注於海
其中多鱅鱅之魚
其狀如犁牛
其音如彘鳴

鱅鱅 [ㄩㄥ ㄩㄥ／yōng yōng]

發出如豬叫聲音的魚

外貌：長相似犁牛。
技能：預測漲落潮。

　　鱅鱅魚因爲體形像牛，所以也被稱作牛魚。

　　傳說，鱅鱅魚除了樷蟲山，還生活在東海中。牠的皮能夠預測潮起潮落，將牠的皮剝下後懸掛起來，漲潮時，皮上的毛就會豎起來；潮水退去時，毛就會伏下去。

　　鱅鱅魚還特別好睡覺；受到驚嚇後發出的聲音很大，甚至一里外都能聽見。

鯥鯥

食水出焉而東北流注于海其中多鯥鯥之魚其狀如犂牛其音如彘鳴

・原文

其中多箴魚
其狀如儵
其喙如箴
食之無疫疾

箴魚 [ㄓㄣ ㄩˊ / zhēn yú]

預防瘟疫的魚

外貌：長得像儵魚，牠的喙像針一樣。
功效：吃了箴魚的肉就不會染上瘟疫。

　　泜水從枸狀山山麓發源，向北注入湖水。泜水中生長著很多箴魚，其形狀像儵魚，卻有像針一樣的喙，牠也因此而得名。

　　據說，人吃了箴魚的肉就不會染上瘟疫。

　　《本草綱目》中也有關於箴魚的記載，而民間有傳說，姜太公釣魚時釣的就是這種魚，只不過不小心把釣針遺落在魚嘴上，因此箴魚就有了一個尖細的喙。

箴魚

其中多箴魚
其水如儦其𦊻
如儦其𦊻如箴
食之亡疫疾

・原文

末塗之水出焉
而東南流注於沔
其中多鯈鱅
其狀如黃蛇
魚翼
出入有光
見則其邑大旱

鯈鱅 [ㄊㄧㄠˊ ㄩㄥˊ / tiáo yóng]

帶來旱災的不祥動物

外貌：長相似黃蛇，但長著魚一樣的鰭。
異兆：鯈鱅的出現，預示著會發生大旱災。

　　末塗水從獨山發源，然後向東南流淌，最後注入沔水，水中有很多鯈鱅。鯈鱅長相與黃蛇相似，而且還長著和魚一樣的鰭，牠們出入水中時會閃閃發光。

　　據說鯈鱅在哪裡出現，哪裡就會發生大旱災，又因為鯈鱅出入水中時身體閃閃發光，於是古人將牠和火聯想在一起，還說牠的出現也是火災的徵兆，將牠視為一種不祥的動物。

條螭

末涂之水出焉而東南流注于滹其中多條螭

真水如黃蛇魚翼此水有光

其則其邑大旱

．原文

澧水出焉
東流注於余澤
其中多珠鱉魚
其狀如肺而有四目
六足有珠
其味酸甘
食之無癘

珠鱉魚 [ㄓㄨ ㄅㄧㄝ ㄩˊ / zhū biē yú]

酸甜可口的六足怪魚

外貌：長得像人的肺葉，有四隻眼睛、六隻腳。
技能：能吐出珍珠。
功效：吃了珠鱉魚的肉不會染上瘟疫。

　　澧水發源於葛山，向東注入余澤，水中有很多珠鱉魚。

　　珠鱉魚的外形像一片肺葉，長有四隻眼睛、六隻腳。這種魚的體內能孕育珍珠，並能把珍珠吐出來；其肉味酸中帶甜，人吃了就不會染上瘟疫。

　　珠鱉魚在《呂氏春秋》中被記載為「朱鱉」，據說呂不韋認為這種魚在魚肉中最為鮮美；晉朝的文學家郭璞在〈江賦〉中則稱之為「鱉蟥」，意思為一種朱紅色的鱉。

珠鼈魚

濫水出焉東流注于洛澤其中多珠鼈魚其狀如肺而有四目六足有珠其味酸甘食之无癘

・原文

其上有水出焉

名曰碧陽

——

其中多鱧、鮪

鮪 [ㄨㄟˇ / wěi]

鯉魚躍龍門的原型

　　孟子山方圓約百里，有條叫碧陽的河流從山上發源，水中生長著很多鮪魚。

　　鮪魚，魚類的一種，體呈紡錘形，肉食性動物。

　　傳說山東、遼東一代的人稱鮪魚爲尉魚，認爲此魚是漢武帝時期的樂浪（今朝鮮）尉仲明溺死海中所化。相傳三月份的時候鮪魚就成群結隊地溯黃河而上，在龍門受阻，如果有哪條鮪魚能夠戰勝激流，越過龍門，便能化身爲龍。鯉魚躍龍門的傳說大概就是從這裡演化而來的吧。

· 原文

有魚焉
其狀如鯉
而六足鳥尾
名曰鮯鮯之魚
其鳴自叫

鮯鮯魚 [ㄏㄚˊ ㄏㄚˊ ㄩˊ／ há há yú]

長著六腳鳥尾的怪魚

外貌：形狀像鯉魚，卻長有六隻腳和鳥尾巴。

　　跂踵山中有一水潭，方圓四十里多為噴湧的泉水，叫作深澤。水中有種魚，其形狀像鯉魚，長有六隻腳和鳥尾巴，叫作鮯鮯魚，叫聲就像在呼喚自己的名字。

　　鮯鮯魚不像一般的魚那樣是卵生，而是胎生。

　　鮯鮯魚在泉水噴湧、深不可測的深澤中，能夠潛入非常深的地方。

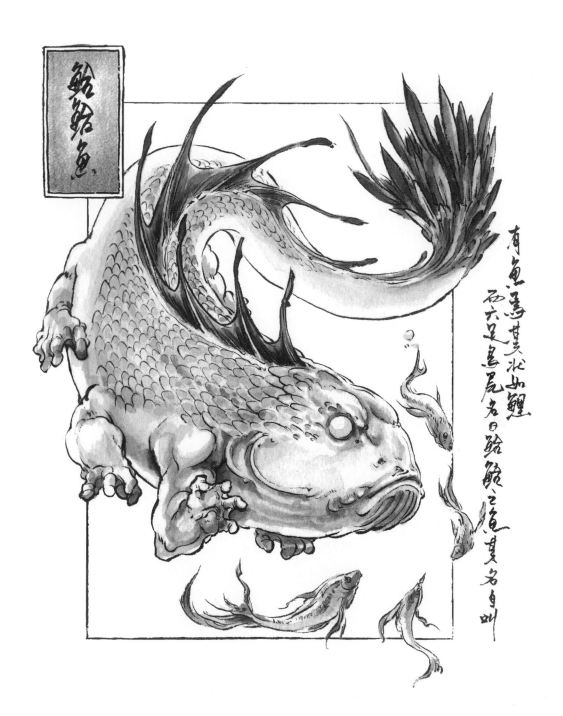

• 原文

蒼體之水出焉
而西流注於展水
其中多鱃魚
其狀如鯉而大首
食者不疣

鱃魚 [ㄒㄧㄡ ㄩˊ / xiū yú]

吃了不長瘊子的大頭魚

外貌：形狀像鯉魚，頭長得很大。
功效：吃了鱃魚的肉就不會生瘊[1]。

　　蒼體水從㫪山發源，然後向西流淌，最後注入展水，鱃魚就生活在這蒼體水中。鱃魚像鯉魚而頭長得很大，吃了牠的肉，皮膚上就不會生瘊子。有人說，鱃魚就是泥鰍，欽山的師水裡也有很多鱃魚。

　　李時珍《本草綱目》記載，鱃魚是鰌魚別稱。鰌肉性味甘、溫，有暖胃益筋骨功效，將魚頭入藥可治風濕頭痛、婦女頭暈。

---

1 瘊：皮膚上突起的小肉瘤，即病毒疣，具有傳染性。

鯱魚

蒼棣之水出焉而西流流于展水其中多鯱魚其狀如鯉而大首食者不疣

原文

泚水出焉
而東北流注於海
其中多美貝
多茈魚
其狀如鮒
一首而十身
其臭如蘼蕪
食之不糟

茈魚 [ㄗˇ ㄩˊ/ zǐ yú]

吃了不會放屁的魚

外貌：形狀像鯽魚，一個腦袋卻長了十個身子。
功效：人吃了茈魚，就不會放屁。

東始山多出產蒼玉，而泚水正是發源於此，然後向東北注入大海。泚水中多茈魚，其形狀像鯽魚，一個腦袋，十個身子；其散發出與蘼蕪草相似的香氣，人吃了牠就不會放屁。

茈魚與《北山經》中描寫的何羅魚很像，都是一頭十身，也有人猜想茈魚與何羅魚就是章魚，而且其肉都有藥用價值。

　䖢魚

多䖢魚其狀如鮒一首而十身其臭如蘼蕪食之不糟

跳水出焉而東北流注于海其中多美貝

・原文

石膏水出焉
而西流注於鬲水
其中多薄魚
其狀如鱣魚而一目
其音如歐
見則天下大旱

薄魚 [ㄅㄛˊ ㄩˊ / bó yú]

見則天下大旱

外貌：只長了一隻眼睛。
異兆：薄魚一旦出現，天下就會發生大旱災。

　　女烝山上沒有花草樹木，石膏水發源於此，向西注入鬲水。水中有很多薄魚，其形狀像一般的魚，卻只長了一隻眼睛，發出的聲音如同人在嘔吐。

　　薄魚一旦出現，天下就會發生大旱災；還傳說牠是謀反的徵兆，一出現就會有謀反之事，總之都是不祥之兆。

　　有人認爲薄魚便是薄鰍，薄鰍的眼睛很小，而且額部有一個小圓點，人們很可能錯把這個圓點當作眼睛，而忽略了薄鰍眞正的眼睛。

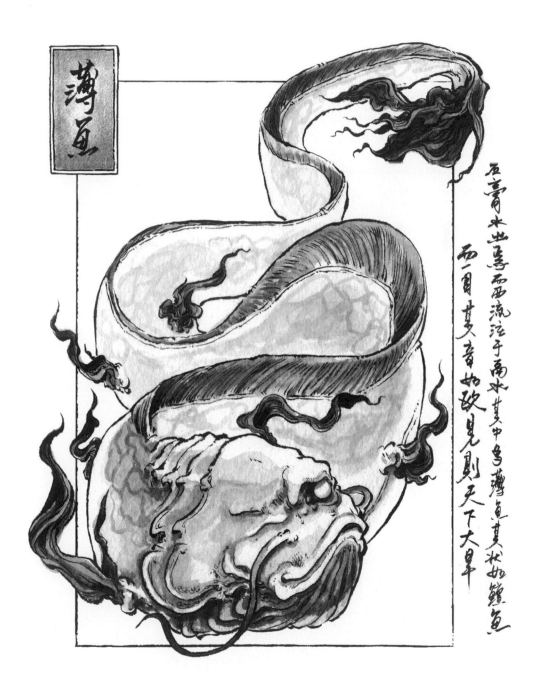

薄魚

石膏水出焉而西流注于禹水其中多薄魚其狀如鱣魚而一目其音如欧見則天下大旱

・原文

子桐之水出焉
而西流注入余如之澤
其中多鰨魚
其狀如魚而鳥翼
出入有光
其音如鴛鴦
見則天下大旱

鰨魚 [ㄏㄨㄚˊ ㄩˊ/ huá yú]

長翅膀的魚

外貌：與一般的魚相似，卻長著一對鳥翅。
異兆：鰨魚的出現，預示著天下會發生大旱災。

子桐水從子桐山發源，然後向西流淌，注入余如澤。水中生長著很多鰨魚，其形狀與一般的魚相似，卻長著一對鳥翅，出入水中時身上會閃閃發光，而牠發出的聲音如同鴛鴦鳴叫。

鰨魚是一種不祥之魚，一旦出現，天下就會發生大旱災。

鰩魚

身翼出入有光其音如鴛鴦見則天下大旱

子桐之水出焉而西流注于余如之澤其中多鰩魚其狀如魚而

· 原文

渠豬之水出焉
而南流注於河
其中是多豪魚
狀如鮪
赤喙尾赤羽
可以已白癬

豪魚 [ㄏㄠˊㄩˊ／háo yú]

長著紅色羽毛的魚

外貌：體形像鮪魚，長著紅色的嘴，尾巴上有紅色的羽
　　　毛。

功效：人吃了豪魚肉就能治癒白癬之類的痼疾。

　　渠豬山上覆蓋著茂密的竹林，渠豬水從這座山發源，然後向
南流去，注入黃河。

　　渠豬水中生長著很多豪魚，其形狀像一般的鮪魚，但長著紅
色的喙，尾巴上還長有紅色的羽毛，人吃了牠的肉就能治癒白癬
之類的痼疾。

豪魚

其中是多豪魚狀如鮪赤喙尾赤羽可以巳白癬

柔猵之水出焉而西南流注于河

・原文

勞水出焉
而西流注於潏水
是多飛魚
其狀如鮒魚
食之已痔衕

飛魚 [ㄈㄟ ㄩˊ/ fēi yú]

喜跳躍的魚

外貌：體形像一般的鯽魚。

功效：人吃了飛魚的肉就能治癒痔瘡和痢疾。

　　勞水從牛首山發源，然後向西奔騰而去，最後注入潏水。

　　勞水中生長著很多飛魚，其形狀像一般的鯽魚，喜歡躍出水面。還有人認為這種魚能夠飛入雲層之中，還能在驚濤駭浪中游泳，牠的翼像蟬一樣清透明亮，出入時，喜好群飛。

　　人只要吃了飛魚的肉就能治癒痔瘡和痢疾。

　　現代研究人員普遍認為《中山經》中的飛魚就是今天的斑鰭飛魚。

飛魚

勞水出焉而西流注于滑水是多飛魚其狀如鮒魚食之已痔衕

・原文

鮮水出焉
而北流注於伊水
其中多鳴蛇
其狀如蛇而四翼
其音如磬
見則其邑大旱

鳴蛇 [ㄇㄧㄥˊ ㄕㄜˊ／ míng shé]

能帶來旱災的四翼怪蛇

外貌：形體像普通的蛇，卻長著兩對翅膀。
異兆：鳴蛇出現的地方會發生大旱災。

　　鮮山蘊藏著豐富的金屬礦物和各色美玉，卻是不生長花草樹木。鮮水從這座山發源，然後向北流淌，最後注入伊水。

　　水中生活著很多鳴蛇，其樣子像普通的蛇，長著兩對翅膀，叫聲如同敲磬一樣響亮。

　　據說，鳴蛇在哪個地方出現，哪裡就會發生大旱災。牠同肥遺一樣，雖然是種災獸，但也有有用的地方，古人常常將牠和肥遺的形象畫在墓室或棺槨上，希望用牠帶來乾旱，從而保持墓室乾燥，屍體不腐。

鳴蛇

多鳴蛇其狀如蛇而四翼其音如磬是則其邑大旱

鮮水出焉而西流注于伊水其中

● 原文

正回之水出焉
而北流注於河
其中多飛魚
其狀如豚而赤文
服之不畏雷
可以御兵

飛魚 [ㄈㄟ ㄩˊ / fēi yú]

讓人不怕打雷的魚

外貌：形狀像豬，渾身紅色斑紋。
功效：吃了飛魚肉就能使人不怕打雷，還可避免兵刃之
　　　災。

　　騩山盛產味道甜美的野棗，而背陰的北坡還盛產琂珸玉。
　　正回水從這座山發源，然後向北流去，最後注入黃河。水中
生長著許多飛魚，其形狀像豬，卻渾身布滿了紅色斑紋。吃了飛
魚的肉就能使人不怕打雷，還可以避免兵刃之災。

正回之水出焉而物流注于渤其中魚名曰魚其狀如豚而赤文服之不畏雷可以御兵

原文

———

橐水出焉
而北流注於河
其中多修辟之魚
狀如鼃而白喙
其音如鴟
食之已白癬

修辟魚 [ㄒㄧㄡ ㄆㄧˋ ㄩˊ / xiū pì yú]

長得像青蛙的魚

外貌：長得像青蛙，嘴巴是白色的。
功效：人吃了修辟魚就能治癒白癬之類的痼疾。

　　橐山上林木蓊鬱，綠意盎然。林中的樹木大多是臭椿樹，還生長著茂密的蒿草。橐水從這座山發源，奔出山澗後向北流淌，最後注入黃河。修辟魚就生活在這橐水中，其形狀像青蛙，卻長著白色的嘴巴，發出的聲音就如同鴟鷹鳴叫。人吃了這種魚的肉能治癒白癬之類的痼疾。

　　根據修辟魚的外形推測，這種魚可能是今天的彈塗魚。這是一種進化程度較低的古老魚類，牠們用腹鰭作為吸盤，以此來抓住樹木，用胸鰭向上爬行，較能長時間待在水域外。

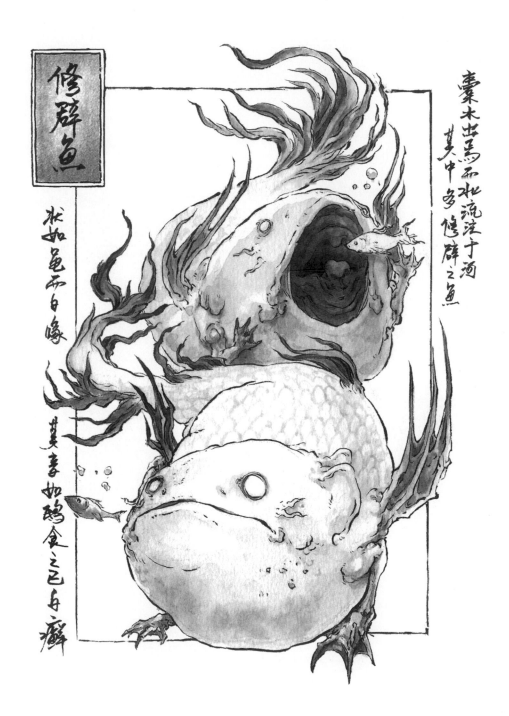

修辟魚

橐木出焉而北流注于渭其中多修辟之魚

狀如龜而白喙其音如鴟食之已圩癬

．原文

其陽狂水出焉
西南流注於伊水
其中多三足龜
食者無大疾
可以已腫

三足龜 [ㄙㄢ ㄗㄨˊ ㄍㄨㄟ / sān zú guī]

可以預防生病的烏龜

外貌：只有三隻腳的烏龜。

功效：人吃了三足龜的肉就不會生大疾病，還能消除癰
　　　腫。

　　狂水從大苦山的南麓發源，然後向西南流淌，注入伊水。

　　伊水中生活著很多三足龜，這種龜只長了三隻腳。雖然三足龜的樣子有些奇特，卻是一種吉祥的動物，人吃了牠的肉就不會生大的疾病，還能消除癰腫。

　　《爾雅·釋魚》云：「鱉三足，能；龜三足，賁。」所以三足龜也叫賁。

　　據說，在共工怒觸不周山之後，天就塌了一半，東南高而西北低，於是女媧冶煉五色石來修補蒼天，並砍斷大龜的腳支撐天穹，有人認爲這就是三足龜的由來。

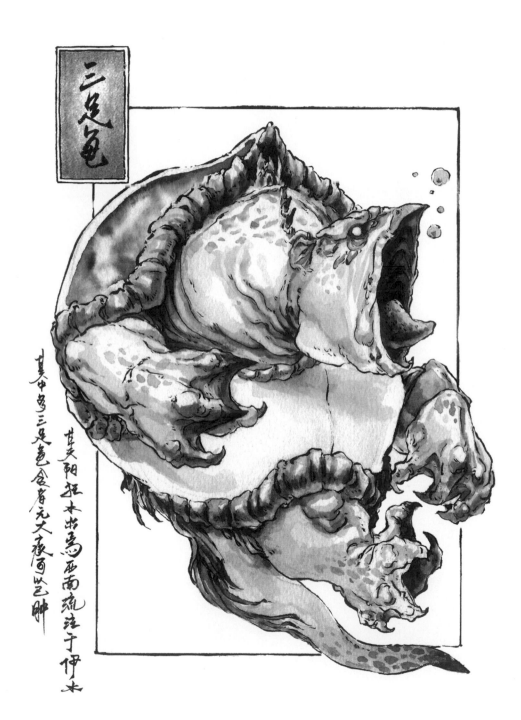

三足龜

其中多三足龜食者無大疾可以已腫

其夾𣊸狂水出焉西南流注于伊水

來需之水出於其陽
而西流注於伊水
其中多鯩魚
黑文
其狀如鮒
食者不睡

鯩魚 [ㄌㄨㄣˊ ㄩˊ／lún yú]

提神的魚

外貌：渾身長滿黑色斑紋，體形和鯽魚相似。
功效：人吃了鯩魚的肉就不會犯睏。

　　來需水從半石山南麓發源，然後向西流淌，最後注入伊水。
水中生長著很多鯩魚，牠渾身長滿黑色斑紋，體形和鯽魚相似。
　　人吃了鯩魚的肉就能精神飽滿，不會犯睏，還有人認為能消
除腫痛。

㐌魚

流洽于伊水其中多㐌魚黑文其状如䱤食者不睡

来需之水出于其阳而西

・
原文

合水出於其陰
而北流注於洛
多滕魚
狀如鱖
居逵
蒼文赤尾
食者不癰
可以爲瘻

滕魚 [ㄊㄥˊ ㄩˊ / téng yú]

治病的紅尾魚

外貌：形狀像鱖魚，渾身長滿青色斑紋，有紅色尾巴。

功效：人吃了滕魚的肉就不會患上癰腫疾病，還可以治好
　　　瘻瘡。

　　合水從半石山北麓流出，然後向北流淌，注入洛水。水中生
長著很多滕魚，其形狀像普通的鱖魚。

　　滕魚終日隱居在水底洞穴中，渾身長滿青色斑紋，身後的尾
巴卻是紅色的。人吃了滕魚的肉就不會患上癰腫疾病，還可以治
好瘻瘡。

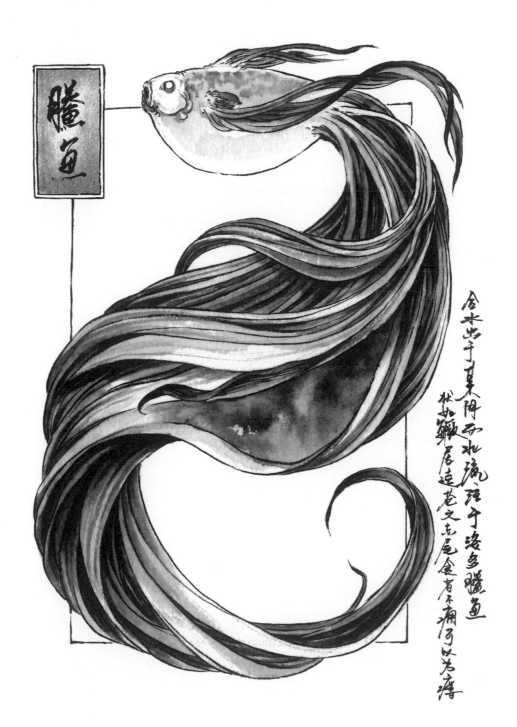

膣魚

合水出于真陽而水流、珀于洛多膣魚

状如鳙居逗苍文赤尾食有不痛可以为庠

休水出焉
而北流注於洛
其中多䱻魚
狀如鼈䖂而長距
足白而對
食者無蠱疾
可以御兵

䱻魚 [ㄊㄧˊㄩˊ / tí yú]

能免除兵刃之災的魚

外貌：身形像獼猴，長有像公雞一樣的爪子，白色的足趾
　　　相對而長。

功效：人吃了牠的肉就不會疑神疑鬼，還能避免兵刃之
　　　災。

　　少室山上鬱鬱蔥蔥，各種花草樹木叢集而生，相互靠攏在一
起，像一個個圓形的穀倉。

　　休水發源於少室山，向北注入洛水。水中有很多魚，身形像
獼猴，長有像公雞一樣的爪子，白色的足趾相對而長。

　　人吃了牠的肉就不會疑神疑鬼，還能避免兵刃之災。

· 原文

漳水出焉
而東南流注於雎
其中多黃金
多鮫魚

鮫魚 [ㄐㄧㄠ ㄩˊ／jiāo yú]

凶猛的魚

外貌：魚皮上有珍珠般的斑紋，十分堅硬。
技能：尾部有毒，能蜇人。

　　漳水發源荊山，向東南注入雎水，水中盛產黃金，並有很多鮫魚。鮫魚體形龐大，魚皮上有珍珠般的斑紋，而且十分堅硬，其皮可以用來裝飾刀劍，但是牠的尾部有毒，且能蜇人。

　　傳說，鮫魚腹部長著兩個洞，其中貯水養子，一個腹部能容下兩條小鮫魚。小鮫魚早上從母親嘴裡游出，傍晚又回到母親的腹中休息。

　　有人認為，鮫魚就是現代的鯊魚。

鮫魚

濘水出馬而東南流注于雁

其中多育魚其狀如鮫魚

・
原文

江水出焉
東北流注於海
其中多良龜
多鼉

鼉 [ㄊㄨㄛˊ/ tuó]

用尾巴敲擊肚皮奏樂的神龜

外貌：形如蜥蜴，長達兩丈。

江水發源於岷山，向東北注入大海。水中有許多鼉，長得像蜥蜴，長可達兩丈。

鼉以其他的魚為食，喜歡曬太陽睡覺。

鼉能橫向飛翔，卻不能直接向上騰起；能吞雲吐霧，卻不能興風下雨；尾巴一甩就能使河岸崩落。

傳說，帝顓頊曾經命鼉演奏音樂，鼉便反轉過自己身子，用尾巴敲擊肚皮，發出「嘤嘤」的聲音。

有人認為，其實鼉就是揚子鱷（即中華短吻鱷），是中國特有的一種鱷魚，也是世界上最小的鱷魚品種之一，俗名土龍、豬婆龍。

鮨

江水出焉東北流注于海其中多鮨魚魚身而犬首其音如嬰兒多鮨

蛫 [ㄍㄨㄟˇ/ guǐ]

可以辟火的野獸

外貌：形狀像烏龜，白色身子，紅色腦袋。
功效：人飼養蛫，就不會遭受火災。

　　郎公山中林木蓊郁，林中樹木以柳樹、杻樹、檀樹、桑樹爲多。山中有一種野獸，名爲蛫，外形如普通的烏龜，但身子是白色的，腦袋是紅色的。

　　蛫是一種吉獸，人如果飼養牠，就不會遭受火災。

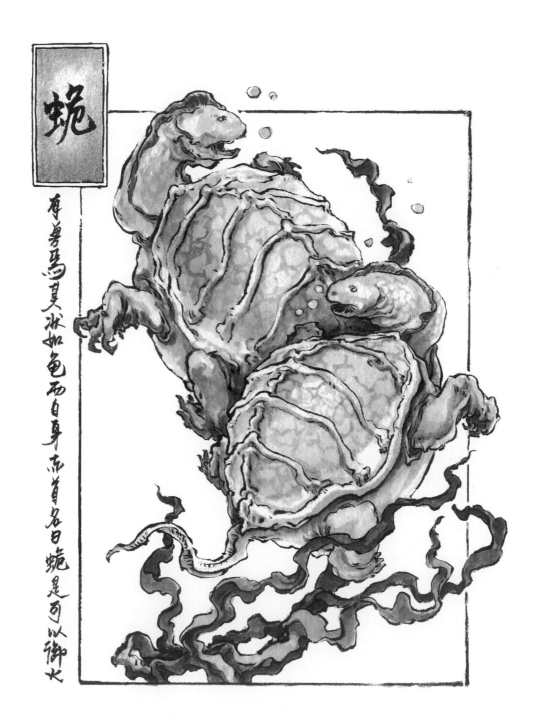

蜿

厚身焉其状如龟而白身赤首名曰蜿是可以御火

龍魚 [ㄌㄨㄥˊ ㄩˊ / lóng yú]

聖人的坐騎

外貌：體形像一般的鯉魚。

　　龍魚旣可在水中居住，又可在山陵居住。龍魚的形狀像一般的鯉魚，傳說有聖人騎著牠遨遊在廣袤的原野上。

　　關於龍魚的外形有另一種說法，認爲龍魚像鰕魚，鰕魚就是我們所說的娃娃魚。

龙魚

龙魚陵居在其北状如鯉一曰蝦即有神聖乘此以行九野

陵魚 [ㄌㄧㄥˊ ㄩˊ / líng yú]

美人魚

外貌：長著人的面孔和魚的身子，有手腳。
功效：騎上牠可以日行千里。

　　陵魚長著一副人的面孔，而且有手有腳，但身子卻像魚，生活在海中。

　　傳說陵魚一出現，就會風濤驟起。有人認為陵魚就是人魚，又叫鮫人。她們都是美麗的女子，生活在水中，僅在水中覓食，皮膚潔白如玉石，長髮烏亮如黑緞，眼中流出來的淚水會變成晶瑩璀璨的珍珠，而且她們能像陸上生活的少女一樣紡紗織布。

　　相傳有一天，一個鮫人從水中出來，隱去魚尾，寄住在陸上的一戶人家中，天天以賣紗為生。在將要離開的時候，她向主人索要了一個容器，對著容器哭泣，轉眼就成了滿盤珍珠，以此來答謝主人。

陵魚

陵魚人面手足魚身在海中

原文

有魚偏枯
名曰魚婦
顓頊死即復甦
風道北來
天乃大水泉
蛇乃化爲魚
是謂魚婦
顓頊死即復甦

魚婦 [ㄩˊㄈㄨˋ／yú fù]

顓頊死後變幻而來

　　有一種魚，身子半邊乾枯，名叫魚婦，是顓頊死後復活變化而成的。

　　風從北方吹來，天上湧出大量泉水，蛇於是變化成爲魚，這便是所謂的魚婦，而死去的顓頊就是趁蛇魚變化之際，附身在魚婦身上復活的。

魚婦

有蛇偏枯名曰魚婦顓頊死即復蘇風道北來天乃大水泉蛇乃化為魚是謂魚婦顓頊死即復蘇

大蟹 [ㄉㄚˋ ㄒㄧㄝˋ／dà xiè]

小島般大小的螃蟹

大蟹生活在海裡，據古人說是一種方圓千里大小的蟹。

《玄中記》記載：「天下之大物，北海之蟹，舉一螯能加於山，身故在水中。」

傳說，有人曾經在海裡航行，看到一個小島，島上樹木茂盛，於是便下船上岸，在水邊生火做飯。飯才做了一半，就看見島上森林已經淹沒在水中了，於是急忙砍斷纜繩上船，划到遠處才看清，原來剛才的島是一個巨大的螃蟹，森林就長在牠的背上，可能是生火的時候誤將牠灼傷，才迫使牠現身。

大鯾 [ㄉㄚˋㄅㄧㄢ / dà biān]

海中美味

大鯾魚生活在海裡。

據說，大鯾即魴魚，體型側扁，背部特別隆起，略呈菱形，就像現在所說的武昌魚，肉味鮮美。

高寶書版集團
gobooks.com.tw

BK 073
山海經絕美水墨畫卷：山精海怪篇

作　　者　沈　鑫
主　　編　林子鈺
責任編輯　高如玫
封面設計　林政嘉
內頁排版　賴姵均
企　　劃　鍾惠鈞

發 行 人　朱凱蕾
出　　版　英屬維京群島商高寶國際有限公司台灣分公司
　　　　　Global Group Holdings, Ltd.
地　　址　台北市內湖區洲子街 88 號 3 樓
網　　址　gobooks.com.tw
電　　話　（02）27992788
電　　郵　readers@gobooks.com.tw（讀者服務部）
傳　　真　出版部（02）27990909　行銷部（02）27993088
郵政劃撥　19394552
戶　　名　英屬維京群島商高寶國際有限公司台灣分公司
發　　行　英屬維京群島商高寶國際有限公司台灣分公司
法律顧問　永然聯合法律事務所
初版日期　2024 年 06 月

ZITO

山海經：絕美水墨畫卷 2
© 2019 by 沈鑫
本書經由北京紫圖圖書有限公司授權出版發行中文繁體字版

國家圖書館出版品預行編目（CIP）資料

山海經絕美水墨畫卷 . 山精海怪篇 / 沈鑫著 . -- 初版 . --
臺北市：英屬維京群島商高寶國際有限公司臺灣分公司，
2024.06
　　面；　公分 .--

ISBN 978-986-506-980-3（精裝）

1.CST: 山海經　2.CST: 注釋　3.CST: 水墨畫

857.21　　　　　　　　　　　　　　　113005987